Peter Rabenstein

Jan von Moor

Ein Heimatbuch
vom Teufelsmoor

Textgestaltung:
Fritz Westphal

Atelier im Bauernhaus

»Wir haben keine Pferde zum Pflügen,
sondern nur unsere Hände zum Graben.«
Die Neusiedler am Abelhüttenberge
(Neu St. Jürgen, 1753)

© 1982 by Atelier im Bauernhaus
2802 Fischerhude
Grafische Gestaltung: Wolf-Dietmar Stock
ASCO-Druck, 2800 Bremen
Satz: Fotosatz-Service, Bremen

ISBN 3-88 132 119-5

*Hat der Anbauer bei mittelmäßigem Alter
und einer gesunden Leibesbeschaffenheit Lust zu arbeiten,
dabei eine arbeitssame Frau und einige erwachsene Kinder,
die ihm in seinen Geschäften zu Hülfe kommen,
so kann es ihm nie an seinem guten Fortkommen fehlen.*
Jürgen Christian Findorff

Ein grausiges Land, in dem ihr da lebt.
Rilke zu Heinrich Vogeler

*Roh und unbeholfen sind sie freilich mit wenigen Ausnahmen alle;
aber viele verstecken unter einem dummscheinenden Äußern
eine nicht gewöhnliche Schlauheit
und manche sogar namhafte Bildung.*
Heinrich Schriefer

*Im Moor endlich findet die tiefste Melancholie ihren Ausdruck,
welchen der köstlichste Frühlingsmorgen
und der sonnigblauste Sommertag nicht ganz verscheuchen können,
der aber bei trübem, wolkigem Himmel, im Spätherbst
und zur Winterzeit, wahrhaft grauenerregend auf die Seele
zu wirken vermag.*
Hermann Allmers

*Eine wahre Geschichte hier aus der Gegend:
jemand kommt in ein Bauernhaus und will den Bauer sprechen.
Die Frau steht am Feuer und sagt: »He hett sick een
beten henleggt. Wi hebbt en beten unruhige Nacht had.«
Sie hatte nämlich nachts ein Kind bekommen.*
Paula Modersohn-Becker

Jan von Moor

Den eersten sien Dot
den tweeten sien Not
den drütten sien Brot

stand unsichtbar über den armseligen Hütten derjenigen Menschen geschrieben, die den staatlichen Aufrufen im 18. Jahrhundert folgten und sich in den Sümpfen der Flußniederungen, in den ausgedehnten Mooren und in anderen, ebenfalls noch »wüsten«, bis dahin nicht kultivierten Landstrichen niederließen. Um die Einwohnerzahl zu vermehren, die Wirtschaftskraft des Landes zu stärken und damit die Einnahmen des Staates zu vergrößern, warben die preußischen Könige Siedler für den Oderbruch und für die ostfriesischen Moore an, ließ Kaiserin Maria Theresia Bauernsöhne in Ungarn ansässig werden, zog Kurhannover unter seinem englischen König Georg III. Ansiedler ins weithin noch unbewohnte Teufelsmoor. – Als »Modell« für die Besiedlung weiterer Moorgebiete im niedersächsischen Raum kam dem Teufelsmoor besondere Bedeutung zu.

Um eine ausreichende Verzinsung der knappen Staatsgelder nicht zu gefährden, mußten die Investitionen bei der Ansiedlung so niedrig wie irgend möglich gehalten werden. Das erschwerte den Anfang für die Siedler im Teufelsmoor wie in anderen Moorgebieten zusätzlich, bedeutete für von Haus aus mittellose Familien Not und Elend über Generationen hinaus. Ins Moor waren sie gezogen, weil ihnen hier die für sie einzige Möglichkeit geboten wurde, eine eigene Existenz zu gründen. Aber das Land, das ihnen zugewiesen wurde, der Boden, den sie beackern wollten, war noch »taub«, unfruchtbar. Einnahmen brachte ihnen nur der Torf.

Noch im Jahre 1895, einhundertfünfzig Jahre nach Beginn der Besiedlung durch den Staat, schrieb Fritz Overbeck, einer der ersten Worpsweder Maler:

»Diesen Leuten ist fürwahr der Kampf ums Dasein schwer genug gemacht! Denn härter noch als die Arbeit des Landmannes ist die des Torfbauern, vor allen Dingen weit einförmiger, ja geistestötend, möchte ich sagen, denn er kennt nicht den Wechsel zwischen Hoffnung und Furcht, ob die Ernte gerate, nicht die Freude am Wachsen, Gedeihen und endlichen Reifen der Saaten. Nur damit beschäftigt, die Notdurft des Lebens zu stillen, lernt er dessen edlere Genüsse niemals kennen . . .«

Durch die Werke der Worpsweder Maler vor und nach der Jahrhundertwende wurde eine breitere Öffentlichkeit gewiß nicht nur auf die besonderen Schönheiten der Moor- und Heidelandschaft, sondern auch auf die ärmlichen Verhältnisse der Moorleute aufmerksam gemacht. Allerdings nur beiläufig, denn auch die ärmlichste Hütte barg für die Maler aus der Großstadt noch »eine Fülle malerischer Motive«, und das Moor war für sie noch unberührte Natur, noch nicht von Industrielärm und gärenden sozialen Unruhen bedroht. Auch Fotografen, die mit und nach ihnen kamen, und Schriftsteller, die sich am Weyerberg niederließen, bemühten sich vorwiegend, die reizvollen Stimmungen einzufangen, das »bodenständige, unverfälscht einfache, ganz auf die natürlichen Bedürfnisse abgestimmte Leben« darzustellen – zweifellos mit den besten Absichten und ganz sicher mit großem Können, das sei unbestritten. Nur wurden dabei die tiefen und zutiefst bedrohlichen Schatten dieser »lichtdurchfluteten« Landschaft zu wenig deutlich, kamen die Härte und die Bitterkeit des Lebens zu einer Zeit, als das Teufelsmoor noch das Land der fünf großen Hochmoore war, nur selten zum Ausdruck.

Gerade darum geht es bei diesem Buch: ein möglichst realistisches Bild aus der Zeit der Moorkolonisation zu vermitteln, Entwicklungen aufzuzeigen und deren Auswirkungen bis in die Gegenwart hinein zumindest anzudeuten. Die vielen Einzelbetrachtungen zum Alltag der Moorbauern sollen insgesamt ein Bild ihres Lebens »aus Arbeit und Armut«, wie es Rilke formulierte, ergeben. Die in der Heimatliteratur oft zu findende Harmonisierung der Verhältnisse scheidet hier aus; das Leben im Moor war sehr hart, für uns heute in manchem sicher unvorstellbar schwer.

*Arbeitsam, zäh, aber auch
den Schalk im Nacken –
Jan von Moor*

Die Texte und vor allem auch die Bilder wurden deshalb nicht nach ihrem ästhetischen Wert ausgesucht, sondern daraufhin geprüft, ob sie geeignet erschienen, über Sachverhalte aufschlußreich zu informieren. Dabei war es möglich, auch etliche wenig bekannte bzw. noch unveröffentlichte Fotos aufzunehmen.

Das Buch heißt »Jan von Moor«. So wurde der Torfbauer genannt, wenn er in seinem schwarzen Schiff hammeabwärts nach Bremen fuhr; so rief man ihn, wenn er mit dem Pferdegespann die schwarzen und braunen Soden in dem Torfhafen nahegelegenen Stadtvierteln an Bremer Haushalte und Kleinbetriebe verkaufte; so begrüßte man ihn, wenn er auf der Rückfahrt ins Moor in einer der Schenken am Fluß einkehrte: Hej, Jan von Moor.
Wie der Torfmacher, Torfschiffer und Torfhändler in einer Person zu diesem Namen kam, ist nicht bekannt. »Jan« – Abkürzung von »Johann« – ist wohl der häufigste männliche Vorname im Teufelsmoor; aber »Jan von Moor« tritt erst um die Mitte des 19. Jahrhunderts auf, zur Hochzeit des Torfhandels mit der Hansestadt. Schon fünfzig Jahre später soll er, wie berichtet wird, wieder verschwunden sein: der Torfhandel war stark rückläufig geworden, Stein- und Braunkohle verdrängten als Hausbrand zunehmend den Stichtorf und den Backtorf aus dem Teufelsmoor. Da mag ein Zusammenhang sein.
Einen bestimmten »Jan von Moor« hat es nicht gegeben. Es gab nur den Typ: Unter der flachen Schiffermütze das von Sonne und Wind wie feines Leder zerknitterte, von Torfstaub geschwärzte Gesicht, der blauweiß längsgestreifte kragenlose Leinenkittel, zerbeulte Tuchhosen, handgestrickte dicke Wollstrümpfe in mit Stroh ausgelegten Holzschuhen. Der stets etwas mühsam und schwerfällig wirkende Gang und der von so schwerer Arbeit bei vielem Bücken frühzeitig gekrümmte Rücken . . .
Wurde er jemals danach gefragt, wie es ihm selbst gefiel, »Jan von Moor« genannt zu werden?

Die nebenstehende alte Landkarte (Ausschnitt) stammt von Georg Matthäus Seutter (1678 – 1757) Augsburg; sie wurde vor Beginn der staatlichen Moorkolonisation angefertigt.

Zum Bild auf der nächsten Seite:
Die Moorbauernfamilie vor ihrer Kate. Obwohl die Ansiedler unter Androhung der »Abmeierung« dazu angehalten wurden, diese erste notdürftige Behausung binnen Jahresfrist durch ein Fachwerkhaus zu ersetzen, wurden etliche Moorkaten im Teufelsmoor noch zu Beginn unseres Jahrhunderts bewohnt, weil das Geld für ein »richtiges Haus« fehlte. Schwindsucht und schweres Rheuma grassierten in den Moordörfern; das Wohnen in diesen »elenden Hütten« war eine Ursache dafür.

Die Geschichte der Moorkolonisation

Kätnerstellen im Moor

Die Besiedlung der fünf Moore im nassen Dreieck zwischen Ritterhude, Fischerhude und Bremervörde geschah von den Geesträndern aus. Erste Anfänge reichen bis ins Mittelalter zurück: an dafür günstigen Stellen, vor allem zur Nutzung der fruchtbaren Gebiete entlang der Flüsse, finden wir schon im 14. Jahrhundert einzelne Siedlungen. Zu den ältesten gehören Teufelsmoor und Waakhausen. Teufelsmoor wird 1335 unter der Bezeichnung »Ulice id est moer« erwähnt. Die Siedlung wurde entlang einem Querdamm zwischen dem Geestrand und der Hamme, der heutigen Dorfstraße entsprechend, gegründet. Um vor Hochwasser geschützt zu sein, setzte man die Häuser auf Wurten. Ursprünglich waren die Hofstellen etwa 25 Hektar groß. Die Bauern waren nicht frei, sie hatten Abgaben an das Kloster Osterholz und desssen »Lokator« zu entrichten.

Zeichnung von 1668:
Dorfplan von
Teufelsmoor

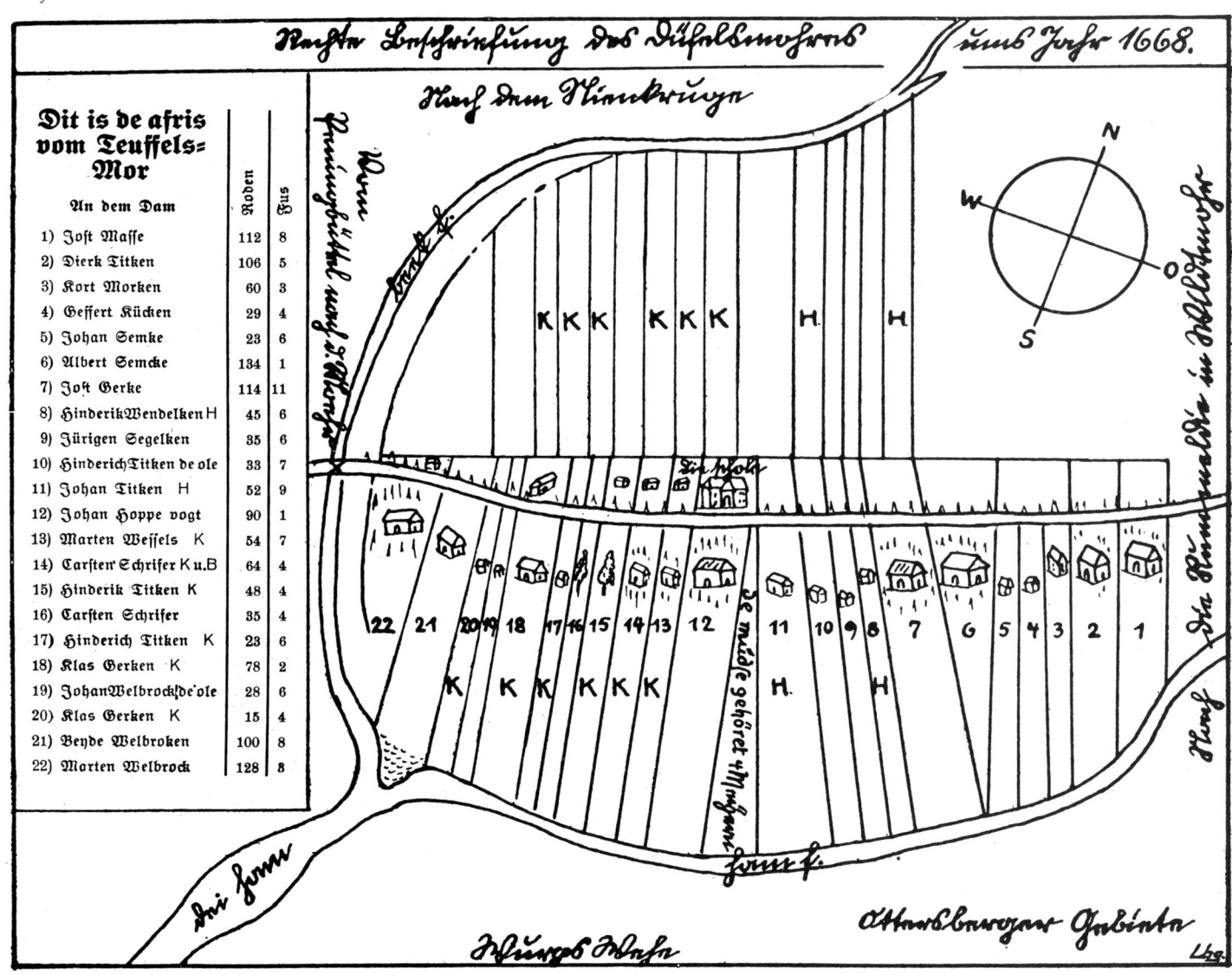

Ganz ähnlich wurden Waakhausen und Viehland angelegt, die Höfe aneinandergereiht entlang eines Weges. In Waakhausen spielte vermutlich der Fischfang eine Rolle, denn mit »Waake« kann ein starkes, hohes Zugnetz gemeint sein. Aber auch eine offene Stelle im Eis wurde »Waake« genannt.

Erst im 17./18. Jahrhundert siedelten Bauern aus Teufelsmoor, Worpswede und von den Rändern der Osterholzer Geest, nachdem sie selbst wohlhabend geworden waren, nachgeborene Söhne oder Knechte auf einem kleinen Stück »ihres« Moorlandes an. Die Aufteilung des eigenen Hofes unter alle Söhne war ihnen untersagt, denn sie bewirtschafteten Pachtland, und der Grundherr war darauf bedacht, daß die Leistungsfähigkeit seiner Pachtzahler erhalten blieb.

Die neu angesiedelten Kleinbauern nannte man »Kätner« (oder »Köthner«) auf ihrem kleinen Stück Land mit einigem Vieh bewohnten sie nur eine Moorkate. Da die Siedlerstellen so klein gehalten wurden, daß die Kätner von diesen Erträgen allein nicht leben konnten, waren sie gezwungen, zusätzlich bei den Bauern der Stammhöfe weiter zu arbeiten. Auf diese Weise hatten die Bauern den Siedlern zwar eine Existenzgrundlage geschaffen, sich aber gleichzeitig deren Arbeitskraft für das Viehhüten, das Torfgraben und die Arbeit auf dem Felde erhalten.

Um 1670 soll jeder Bauer im Dorf Teufelsmoor durchschnittlich drei Kätner beschäftigt haben. Die heutigen Dörfer Hüttenbusch, Vieh und Überhamm sind aus solchen Kätnersiedlungen hervorgegangen.

Böse Zungen erklären die Entstehung von Überhamm folgendermaßen: Als die Magd eines Großbauern ein Kind von ihm erwartete, gebot er seinem Knecht, die Magd zu ehelichen, und schenkte den beiden dafür ein kleines Stück Land »über die Hamme«. – Und das soll nicht nur einmal vorgekommen sein.

Die Worpsweder Bauern hatten Kätner in Weyerdeelen und Weyermoor. Weyerdeelen, früher auch »Wedertheil« genannt, wurde im 17. Jahrhundert gegründet: von Weyermoor, ursprünglich »Weyerhäuslinge«, wird erst Anfang des 18. Jahrhunderts berichtet.

Die Dörfer Altendamm, Neuendamm, Ahrensfelderdamm und Spredding waren Abkömmlinge von Geestrandsiedlungen westlich des Teufelsmoores.

Allen Kätnerstellen fehlte der Zugang zu einem schiffbaren Gewässer. Torf wurde damals im wesentlichen nur für den eigenen Bedarf gegraben; der Torfhandel großen Umfangs entwickelte sich erst Mitte des 18. Jahrhunderts, im Zuge der kurhannoverschen Moorkolonisation. Voraussetzung dafür war die systematische Aufbereitung der Moore durch ein Netz von kleinen Kanälen.

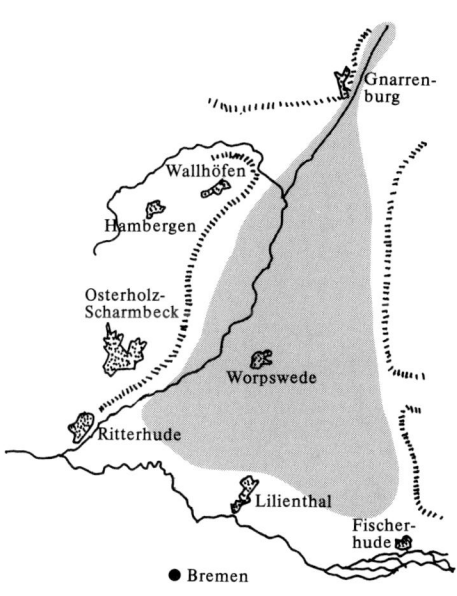

Das Teufelsmoor hat die Form eines Dreiecks. Es wird von Geesträndern im Osten und Westen und von einer Sanddüne im Süden begrenzt.

Moorkolonisation

Es ging um »innere Kolonisation«. Man versteht darunter die wirtschaftliche Erschließung bislang ungenutzter Gebiete, der Heideflächen, Moore und Sümpfe durch den Staat. Alle Kräfte und Möglichkeiten eines Landes sollten ausgeschöpft werden, um Macht und Stärke des Staates zu vergrößern. Kaufmännisches Denken (Merkantilismus) zielte darauf hin, die Ernährung des Volkes aus eigenem Land sicherzustellen, damit es nach außen hin unabhängig würde. Und Moorkolonisation bedeutete: Gewinnung neuen Lebensraumes für neu anzusiedelnde Familien, Bevölkerungswachstum – zusätzliche Einnahmen für die ständig leeren Staatskassen, Zuwachs bei den Regimentsstärken.

Alte Münze: 1 Thaler 1 Thaler waren 72 Grote. Für 60 Torfsoden (= 1 Bund) wurden in Bremen um 1800 je nach Güte 2 – 5 Grote bezahlt. Für 1 Thaler bekam der Torfbauer um 1815 1 Scheffel (100 – 200 l) Buchweizengrütze; etwa der Gegenwert für eine Schiffsladung Stichtorf (1/2 Hunt).

Wenn also ein öde und wüste gelegener weitläufiger Mohr-Raum, der vorhin überall keinen Nutzen geschaffet hat, solchergestalt zubereitet worden, daß er außer einer daher erfolgenden jährlichen beträchtlichen Einnahme 384 Familien ernähret, die vermehrte Hände zum Ackerbau, Handel und Gewerbe hergeben, und durch den Torfhandel nach Bremen und anderen Orten Geld ins Land ziehen, so ist es keinem Zweifel unterworfen, daß sich nicht leicht ein Zweig von Landesverbesserungen finden wird, der mit so wenigen Kosten einen so geschwinden Gewinn und so ausgebreitete Vortheile verschaffet.

Aus einem Bericht der kurhannoverschen Rentkammer nach Gründung der ersten 20 Moordörfer mit 384 bebauten Hofstellen.

Streit um Moor- und Grasland

In den Mooren nahe Bremens mußten schon in alter Zeit Abgaben für den Torfstich geleistet werden; die meisten Moore in der Hamme-Oste-Niederung waren frei. Die Bauern der Geestranddörfer betrachteten »ihr« Moor als »Allmende« wie in altgermanischer Zeit, als gemeinschaftlichen Besitz, den sie verteidigten, als der Staat Landvermesser ins Teufelsmoor schickte – vorbereitende Arbeiten für die Gründung neuer Dörfer – und damit seinerseits erstmalig Ansprüche geltend machte. – Ungeordnet war die bisherige »wilde« Besiedlung der Moorgebiete; ungeklärt waren die Besitzverhältnisse.

Zunächst wurde alles bisher ungenutzte Moor als staatliches Eigentum, »herrschaftlicher Besitz«, erklärt. Strittig blieb, ob auch diejenigen Moorteile, in denen bislang willkürlich planlos Torf gestochen wurde, noch als »ungenutzt« zu bezeichnen waren.

Im übrigen erhielten die Ämter Bremervörde, Osterholz, Lilienthal und Ottersberg die grundsätzliche Anweisung, bestehende Verhältnisse in den Mooren zu respektieren, keine gewaltsamen Enteignungen vorzunehmen, für die Neubesiedlung unumgängliche Eingrenzungen, Begradigungen, Abtretungen von Moor oder Weideland durch gütliche Einigung und Ausgleich vorzunehmen. Der Staat scheute gerichtliche Auseinandersetzungen mit den »streitsüchtigen Einwohnern hiesiger Provinzen«. Die Amtmänner hielten sich daran; trotzdem wurde es ihnen nicht leicht gemacht. Obwohl Geestdörfern wie Tarmstedt, Hepstedt, Breddorf, Vollersode und dem Dorf Teufelsmoor größere Moorgebiete überlassen wurden als sie zum Torfstich und zur Viehweide benötigten, obwohl »wild« zersiedelte Moorteile von der Planung völlig ausgenommen wurden, regte sich allerorten heftigster Widerstand.

Besonders hartnäckig widersetzten sich die Geestbauern bei den Verhandlungen über die saftigen Wiesen und Weiden entlang der Flüsse und Bäche. Ausreichend gutes Grasland aber war auch für die Neusiedler in den Mooren von ausschlaggebender Bedeutung: Wer keine Weiden besaß, konnte kein Vieh halten, hatte keinen Dünger für das Saatland – und Kunstdünger gab es noch nicht. Grasland zur Viehzucht war in damaliger Zeit unbedingte Voraussetzung für eine bäuerliche Wirtschaft.

Die Geestbauern weigerten sich, Weideland an die neuen Moordörfer abzutreten. Insbesondere die Teufelsmoorer, denn ihnen ging es auch um den Erhalt einer wichtigen Einnahmequelle, flossen ihnen doch allein durch die Verpachtung von Hammewiesen jährlich 300 – 400 Reichstaler als Weidegeld zu. Die Verhandlungen verliefen enttäuschend für die Moorkolonisation: die meisten und saftigsten Wiesen an der Schmoo, am Umbeck und vor allem an der Hamme blieben bei den alten Dörfern. Nur den ersten Moorkolonien konnte noch Weidefläche zugewiesen werden; für nachfolgende stand oft kein Grasland zur Verfügung. Und dieser Umstand sollte sich schon bald als erhebliche Erschwerung für die neuen Moorhöfe herausstellen; für unbemittelte Neusiedler, und das waren viele, wirkten sich die Entscheidungen über den Verbleib der Wiesen und Weiden verhängnisvoll aus.

Ein alter Meierbrief; hier: Pachtvertrag zwischen dem Staat und einem Neusiedler

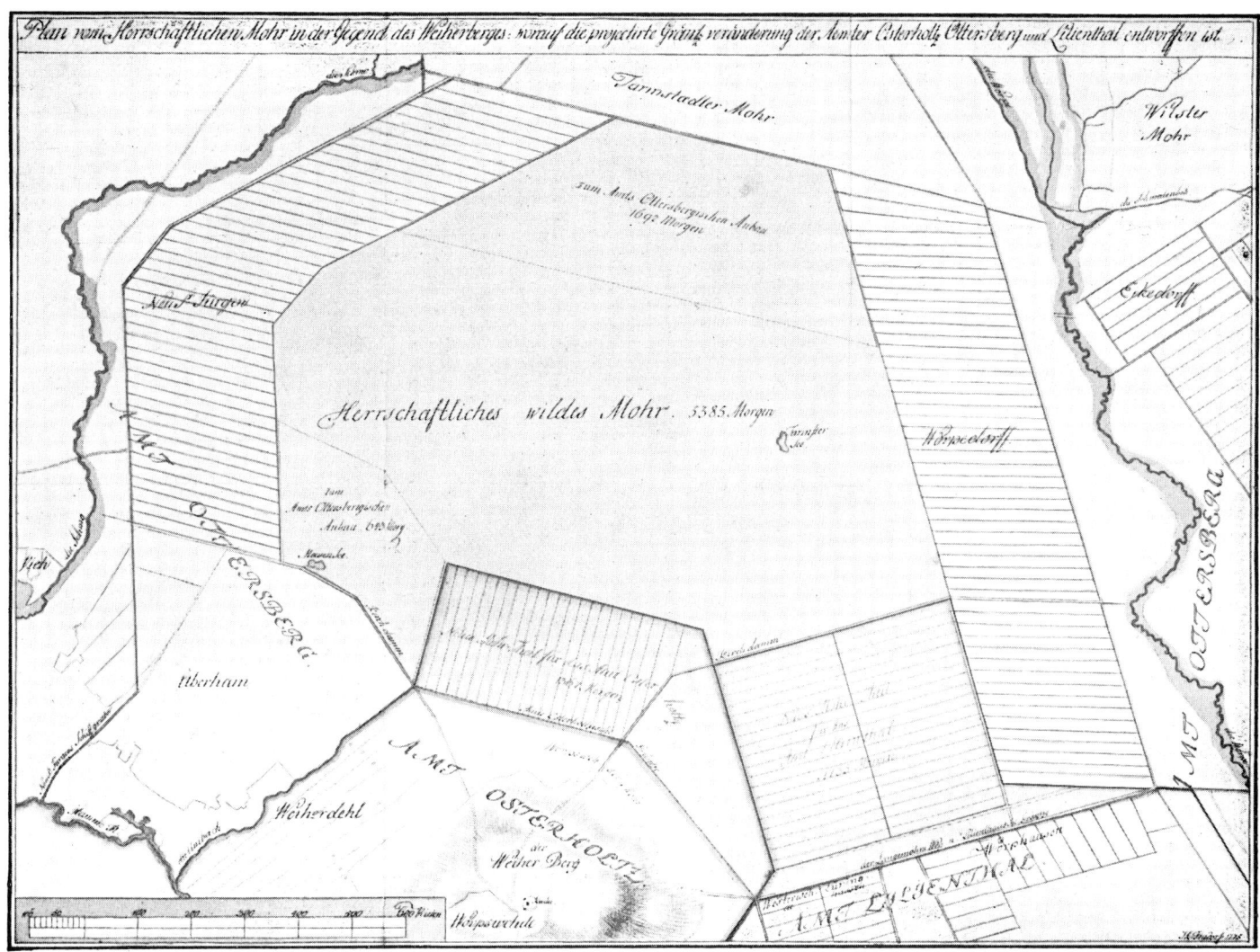

Plan von Herrschaftlichen Mohr in der Gegend des Weiherberges worauf die projectirte Gräntz veränderung der Aemter Osterholtz, Ottersberg und Lilienthal entworfen ist.

Karte der ersten staatlich gegründeten Moordörfer zwischen Rummeldeisbeek und Wörpe, um 1750 vom damaligen Vermessungsgehilfen des Oberlandbaumeisters von Bonn, Jürgen Christian Findorff, gezeichnet. Der Regierungsbeamte, beauftragt mit der Planung der Moorkolonisation, hatte den begabten jungen Freitischler zum Landvermesser und Architekten ausbilden lassen und übertrug ihm auch die Bauleitung der Worpsweder Kirche (1756 – 59). Dabei erwarb Findorff sich so viele Sympathien, daß er auf Vorschlag der Amtmänner 1759 zum Moorvogt bestellt wurde.

Fünfzig Morgen Land und weniger

1. Sobald ein Moordistrikt von Herrschafts wegen zum Anbau bestimmt wird, wird dessen Vermessung, Kartierung und Einteilung den Ämtern und Moorbetriebsbediensteten aufgegeben, die Kostenberechnungen über Dämme, Gräben, Grüppen, Brücken und sonstige Vorrichtungen angefertigt und den Anwärtern durch das Los bestimmte Plätze, wohlbelegen, von geräumiger Größe, durchweg 50 Calenberger Morgen, angewiesen.
2. Die Kolonisten erhalten die Anbauplätze in völlig rohem Zustande. Ihnen werden die Damm- und Grabenarbeiten unter Aufsicht der anzustellenden Grabenmeister und der Leitung des Amtes übertragen.
3. Zu Anbauern sollen nur rechtliche, arbeitsame und hinreichend vermögende Leute, welche wenigstens ein Haus mit eigenem Vermögen aufzurichten imstande sind, zugelassen werden. Ihre Auswahl soll sich aber keineswegs auf die Kompetenten und Anbaulustigen im Amte beschränken.
4. Die Anbauern unterwerfen sich dem geltenden Meyerrecht und allen Verpflichtungen anderer Meyer, dem jährlichen Grundzinse und den Weinkaufsbestimmungen.*)
5. Gemeindelasten sind ohne Vergütung zu übernehmen.
6. Dorfkanäle gehören der Herrschaft. Ihr Mitbenutzungsrecht haben alle an ihnen interessierten Dörfer.

Anweisung der Rentkammer an die Ämter Osterholz, Lilienthal, Ottersberg und Bremervörde.

7. *Brücken, Gräben usw., sobald sie überwiesen sind, müssen auf Kosten der An-*
bauern in untadelhaftem, schaufreiem Stande dergestalt erhalten werden, daß die
Dämme, Gräben und Grenzgrüppen von jedem Kolonisten nach dem Anschlus-
se seines Moorteils, die Schiffsgräben, Schleusen und Siele darin, sowie die ge-
meinen Brücken von ihnen gemeinschaftlich unterhalten werden.
Instruktionen wegen Behandlung und Ausführung der Moorkultur

Es sind nachgeborene Bauernsöhne, Knechte, Tagelöhner und Kätner, die 1751
den Aufrufen folgen, sich um eine Siedlerstelle in den neu zu gründenden ersten
Moordörfern zu bewerben: Neu Sankt Jürgen (am Abelhüttenberge, 45 Hofstellen), Wörpedorf (an der Wörpe, 51 Hofstellen) und Eickedorf (Wörpedorf
gegenüber, vorerst 6, nach Erweiterung 32 Hofstellen). Ohne Ausnahme waren
die Anwärter in den umliegenden Geestdörfern zu Hause, waren schon in der
Landwirtschaft tätig und freuen sich auf die Chance, die ihnen geboten wird, im
Moor etwas Eigenes aufzubauen. Sie sind bereit, dafür schwer zu arbeiten und
harte Entbehrungen, zumindest in den Anfangsjahren, in kauf zu nehmen.
Jeder Anbauer erhält 50 Morgen Moorland zugewiesen, ausreichend dafür, daß
sich leistungsfähige Bauernhöfe entwickeln, auf denen »die Unterthanen das gemeinsame Beste unterstützen können« und nicht »vor wie nach armselige Häusler
bleiben, welche entweder denen übrigen Unterthanen zur Last liegen oder der
wirklichen Landesverbesserung nichts merkliches beitragen«. – Leider hält man
sich in den Ämtern in der Folge durchaus nicht immer an die von Fachleuten emp-
fohlene Stellengröße von 50 Morgen; häufig werden erheblich kleinere Grundstücke ausgewiesen. So erhalten die 10 Siedler von Altenbrück an der Beeke
(1760) nur noch 30 Morgen; die Dörfer Nord-, Süd- und Westerwede südlich vom
Weyerberg (1764 – 70) müssen auf je 32 Morgen Moorland wirtschaften – und

Vermessungskarte für das
Moorgebiet am Rautenberg,
gezeichnet von
Jürgen Christian Findorff

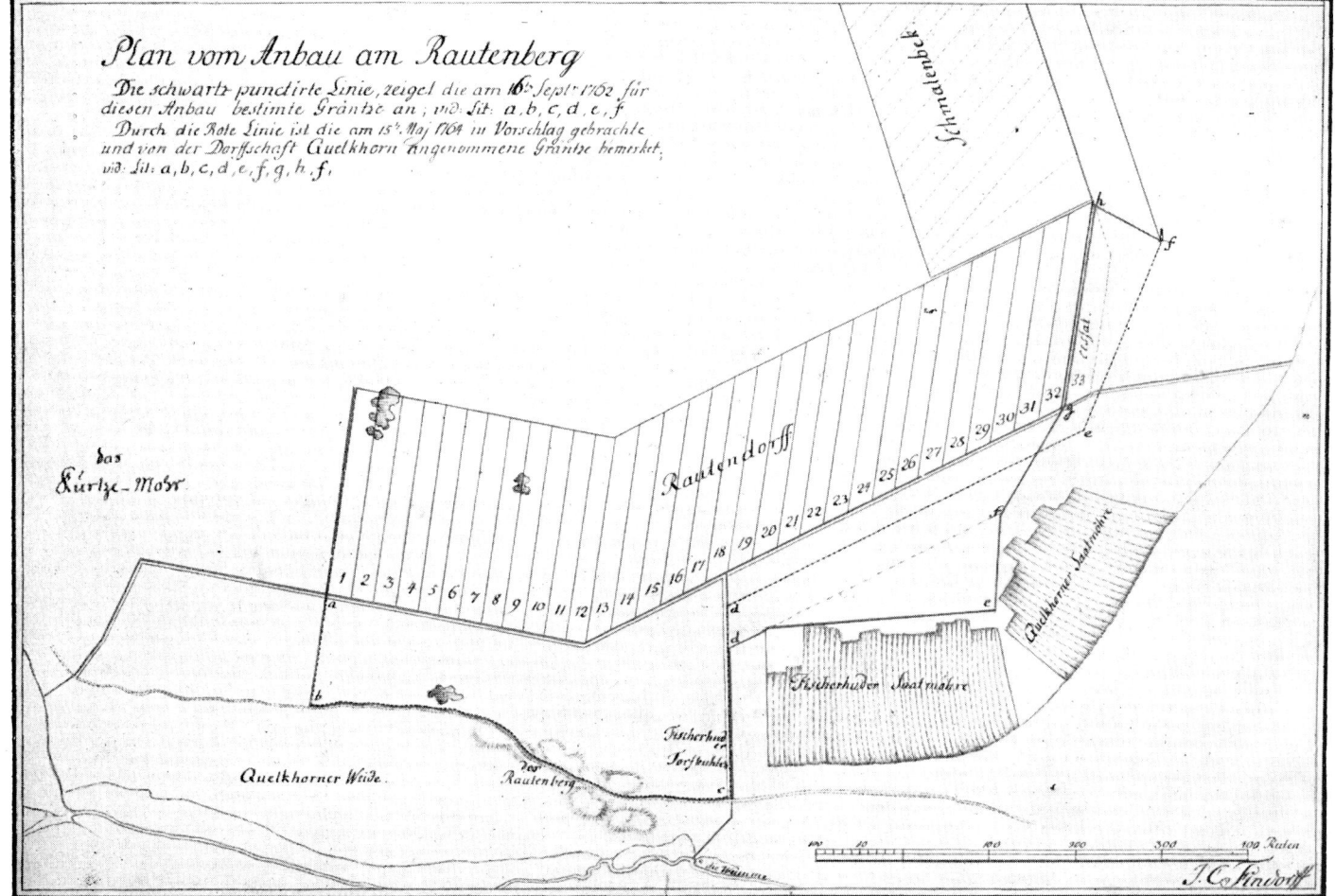

bleiben ausgesprochen ärmliche Kolonien. Die sieben Ansiedler von Wörpedal (1766) arbeiten zusätzlich auf Höfen von Geestbauern oder sie müssen Weideland hinzupachten, damit sie auf ihren nur 20 Morgen großen Stellen leben können. Eine Besonderheit ist schließlich die sogenannte »Handwerkersiedlung« im damaligen Amt Lilienthal, Schrötersdorf (1805). Ihre je 7 Morgen Moorland können den dort ansässigen Dachdeckern, Zimmerleuten, Holzschuhmachern und Schlachtern nur das »Zubrot« liefern. (Schuster und Schneider wurden von Amts wegen nicht angesiedelt: es gäbe zu viele davon und mithin sei es fraglich, ob sie bei Ausübung ihres Berufes im Moor ein Auskommen finden würden). Da die Bemessung der Stellengröße durchaus nicht immer abhängig war von der Güte des Moorlandes, den Wasserverhältnissen, dem Vorhandensein oder Fehlen von Grasland, entsteht der Eindruck, daß es dem Staat vornehmlich darum zu tun war, der höheren Zinserträge wegen möglichst viele und damit entsprechend kleinere Stellen auszuweisen.

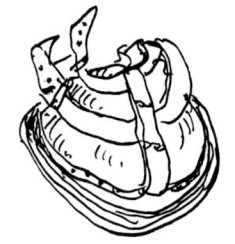

Pferdeholzschuhe – mit Lederriemen für unbeschlagene, mit Eisenbügeln für beschlagene Hufe.

Saatland, Grasland, Torfland

Die Aufteilung der 50 Morgen Moorland ist nach amtlichem Schlüssel vorzunehmen: Rund neuneinhalb Morgen sollen Saatland werden, eineinhalb Morgen benötigen Haus und Garten, 15 Morgen sollen Torfland bleiben, und 24 Morgen sind als Weidefläche aufzubereiten.

Amtmann Meyer aus Bremervörde erläutert den Neusiedlern am Abelhüttenberge und an der Wörpe diese Aufgliederung: Zwei Pferde seien für die Bestellung des Ackers notwendig. Das Ackerland benötige für die Düngung jährlich 126 Fuder Mist – von sieben Kühen und dreißig Schafen außer den beiden Pferden. Zwei Pferde bräuchten sechs Morgen, sieben Kühe vierzehn Morgen, dreißig Schafe vier Morgen Weideland.

Die fünfzehn Morgen Torfland würden ausgewiesen, damit der Kolonist »im Frühjahr nicht müßig« wäre und die nötige Feuerung sowohl als auch Torf zum Verkauf graben könne.

Die Rechnung des Amtmanns ist für damalige Zeit überraschend differenziert und erstaunlich genau. Aber sie geht nicht auf, für keines der ersten drei Moordörfer, für keines der nachfolgenden. Noch fünfzig Jahre nach der Besiedlung hat erst jede dritte Hofstelle in Neu Sankt Jürgen 1 Pferd, besitzen die Kolonisten im Durchschnitt nur 4 Kühe und 2 Schafe. Von den etwa 3000 Morgen Moorland am Abelhüttenberge ist 1801 erst ein Zehntel zu Acker-, Garten- oder Grasland geworden. Hingegen ist das den Neu Sankt Jürgenern zugewiesene Torfmoor schon weitgehend abgegraben; deswegen müssen die Siedler zusätzliches Moorland von den Geestrandbauern hinzupachten. Und das heißt: nicht die Moorkultivierung, auf die es doch vor allem ankommt, sondern Torfstich und Torfhandel sind zum Hauptgeschäft geworden – eine, wie sich bald zeigen wird, sehr bedenkliche Entwicklung im Teufelsmoor. – Nur Heudorf (1755 – 65) bildet mit seiner ausgedehnten, sehr guten Vorweide außer den je 50 Morgen Moorland eine Ausnahme: 1790 gibt es in diesem Dorf schon 22 Pferde; 1824 stehen bereits 38 Pferde und 160 Stück Hornvieh auf den 30 Höfen.

Arbeitsgänge bei der Torfgewinnung

Meierzins und Freijahre

Die vom Staat in die Moorkolonisation investierten Gelder – für Vermessung und Kanalbau, für Brücken, befestigte Wege und Dämme – sollen sich verzinsen. Die Siedler, als Meier des Staates, müssen Abgaben leisten. Bei den ersten drei Dörfern werden von jeder Hofstelle jährlich 6 Taler und 2 Grote*) gefordert.

) 1 Rthl. = 72 Grote

*Abgaben
eines Moorhofes an
die Rentkammer.*

1. Für die Anbauung	*24 Grote*
2. Weidegeld für die Vorweide an der Schmoo	*42 Grote*
3. Zins für 48 Morgen, 45 Quadratruten Saat- und Wiesenland und für den Torfstich je Morgen 4 Grote	*2 Rthl. 50 Grote*
4. Dienstgeld (als Ersatz für früher übliche Arbeitsleistungen gegenüber dem Grundherrn)	*1 Rthl.*
5. Für zwei Rauchhühner	*12 Grote*
6. Für die gewährte Kontributions- und Einquartierungsfreiheit (Kriegssteuer und Beherbergung von Soldaten)	*1 Rthl. 18 Grote.*

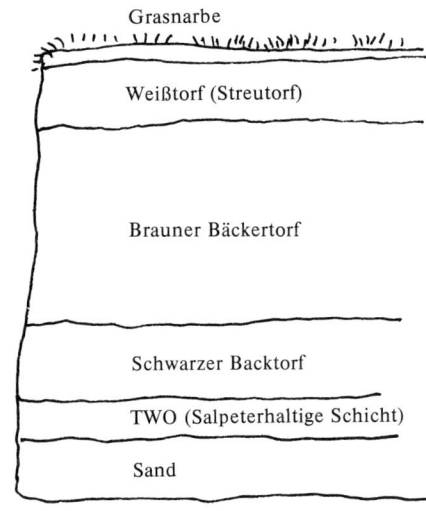

*Zwei Möglichkeiten
der Vorbereitung des Moorbodens
für den Ackerbau: a) Moorbrennen;
b) Abgraben der Torfschichten*

Torfschichten im Hochmoor

Die Höhe der Belastung ist unterschiedlich in den einzelnen Siedlungen; der Jahreszins schwankt zwischen ca. 3 und 10 Reichstalern, je nach Lage der neuen Kolonie, nach Größe und Zustand der Stellen, nach Einschätzung der Güte des Moorlandes. Es ist verständlich, daß den Heudorfern von je 50 Morgen und zusätzlich gutem Grasland 10 Taler abverlangt werden, wenn die 7 Hofstellen von Worpheim (1772) für 32 Morgen ohne Vorweide 3 Taler zahlen müssen. Dagegen erscheinen 3 Taler als hohe Belastung, wenn den Neusiedlern in Wörpedahl oder Neuenfelde nur 20 bzw. 18 Morgen Land zur Verfügung stehen. Zu unrecht hoch veranlagt fühlten sich die Eickedorfer, als der Staat nach anfänglich 4 Talern Jahreszins später auf 6 erhöhte und mit zwangsweisem Einzug drohte, als die Eickedorfer widersprachen:

Wir könnten uns noch dazu verstehen, 6 Taler zu zahlen, wenn die öffentlichen Vorrichtungen in hinreichend benutzungsfähigen Stand gebracht worden wären. Wir haben keinen Weg zur Kirche. Die Kanäle sind verschlammt, die Schütte ruiniert . . . Auf unserem nassen, moorigen Grund ist wenig gewachsen, so daß wir alles, was Menschen und Vieh nötig haben, für bares Geld kaufen müssen. Unser Torfgewerbe nach Bremen ist so mühereich und wenig einträglich. Wir sind gänzlich entblößt und bitten daher, Königl. Regierung wolle die Execution vorläufig aufheben.

Das Dorf erhielt vom Mooramt Aufschub. Gegen Abtretung einiger Wiesen an Wilstedt konnte ein Kirchdamm durchs Wilstedter Moor gelegt werden. Und der neue Schiffsgraben parallel zur Wörpe brachte wesentliche Erleichterung für die Torfschiffahrt, weil damit ein großes Stück des schwer befahrbaren Flusses umgangen wurde.

Als Eickedorf um 26 neue Hofstellen auf insgesamt 32 erweitert wurde, sollten die hinzugekommenen Siedler jährlich 8 Taler zahlen. Sie erhoben Einspruch, verlangten dieselbe Belastung wie die Wörpedorfer am Flußufer gegenüber: 6 Reichstaler. Das Amt verlangte ein Gutachten, in dem mitgeteilt wurde, die Bauern wollten nicht, »daß ihre Nachkommen wegen der Übernahme des hohen Zinses ihnen Böses nachwünschen«. Da legte das Amt den Zins auf 6 Taler fest – einer der seltenen Fälle, in denen einem Ersuchen um Zinsnachlaß stattgegeben wurde. Fristverlängerung wurde häufig gewährt, das bedeutete: Vermehrung der Freijahre ohne Abgaben an den Staat.

Die Rentkammer bewilligte bei der Stellenzuweisung nur 9 – 12 Freijahre, verlängerte aber auch um mehrere Jahre, wenn schlechte Bodenverhältnisse oder sonstige erschwerende Umstände dies rechtfertigten.

Besonders benachteiligt fühlten sich mit recht die Handwerker-Siedler in Schroetersdorf. Das zugewiesene Land gehörte ihnen zunächst nur auf dem Papier, denn andere Moorbauern hatten das Recht, dort Torf zu stechen. Erst wenn das Land vollständig abgetorft sei, sollten sie es erhalten. Und das war selbst nach den gewährten 12 Freijahren noch nicht der Fall. Dennoch sollten die Siedler den vollen Meierzins von 2 Talern und 18 Groten dafür entrichten – eine vergleichsweise auch hohe Summe, wenn man bedenkt, daß die Worphausener Bauern für 30 Morgen Land 3 Taler zu zahlen hatten. – In einem von der Regierung angeforderten Gutachten wird der ärmliche Zustand dieser Handwerkersiedlung geschildert und eine Verlängerung der Freijahre dringend befürwortet:

Die Supplikanten wollen ihr Gesuch vorzüglich durch das ungleiche Verhältnis begründen, nach welchem die Einwohner der benachbarten Moordörfer nicht viel mehr als sie an Zins zu bezahlen haben, obwohl diese Einwohner 6-8mal so viele Morgen Moor besitzen. Dieser Grund hat einigen Anschein. Gleichwohl ist der erheblicher, daß sie durch die zum Torfstich Berechtigten in der Kultur ihrer wenigen Morgen Moores in dem Maße behindert werden, daß es fast unbegreiflich ist, wie sich unter solchen Verhältnissen Menschen gefunden haben, die zum Anbau in Schrötersdorf geneigt gewesen sind. Im allgemeinen muß man den Schrötersdorfern das Lob beilegen, daß sie tätig und sparsam sind, aber es fehlt ihnen an dem Notwendigsten. Wahr ist es, daß jeder von ihnen noch nicht mehr als 3-5 Viertel Einfall hat in Kultur nehmen können. Es gewährt zur Zeit wahrlich keinen herzerhebenden Anblick, wenn man diese Einwohner nie anders als mit Lumpen bekleidet sieht und auf ihren Gesichtern gleichsam die Sorge: »woher nehmen wir Brot«, lieset. Es stehet den Supplikanten in ihrem Gesuche nicht anders zu helfen als durch eine besondere Gnade der hohen Königl. Kammer. Sollte es bedenklich sein, den Zins auf immer herabzusetzen, so möchte ich anheim geben, den Bittstellern noch weitere 6 Freijahre gnädigst zu schenken.

Zum jährlich aufzubringenden Zins kommen noch die von alters her üblichen sogenannten Schmal- oder Kornzehnte in Naturalien (Gänse, Hühner, Kälber, Füllen, Bienen, Tabak). – Die Siedler am Abelhüttenberge empfinden diese Forderungen als unzumutbare Härte und bitten um Erlaß. Erreicht wird – bis auf den Bienenzehnten – die Umwandlung in eine weitere Zahlung von 1 Taler.

Eingabe eines Ansiedlers an die Rentkammer

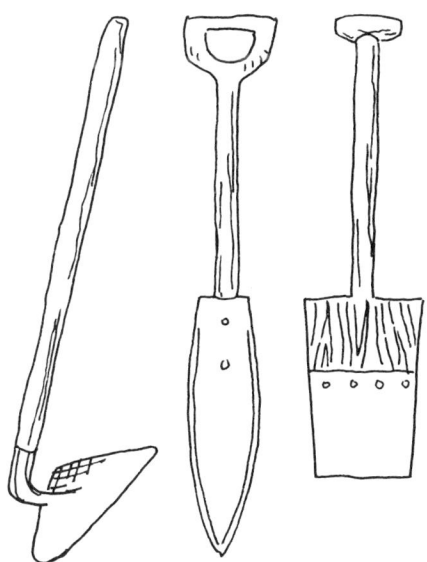

Das Arbeitsgerät war abhängig von der Beschaffenheit des Moorbodens und der Torfschichten

Hilfen für den Anfang im Moor

Die Siedler zögern immer noch, den Vertrag mit dem Staat zu unterschreiben. Werden die Rechte, die ihnen hier zugestanden werden, nicht doch mit zu hohen Verpflichtungen erkauft, bindend unter Umständen für die Kinder und Kindeskinder? Die Regierung leistet Hilfe für den schweren Anfang auf dem Moor. Jeder Siedler erhält einmalig ein Malter Saatkorn. In den staatlichen Forsten zu Osterholz und Lilienthal wird das Holz für den Hausbau zur Verfügung gestellt. Der Staat verschafft ihnen für den Anfang zusätzliche Einkünfte, indem er sie im Tagelohn beim Bau der neuen Moorkanäle und beim Bau der Moorkanäle und Brücken beschäftigt. Brücken über den Kanal verbinden auch die Hofstellen mit der Vorweide, damals »Post« genannt. Das Postbrückengeld – vier Reichstaler – mehr als die Hälfte des später aufzubringenden jährlichen Zinsbetrages.

Der Staat sichert schließlich »Kontributionsfreiheit« zu. Darunter ist nicht nur die Befreiung von Einquartierungen in Kriegszeiten zu verstehen; gemeint sind auch jegliche Dienstleistungen für das Militär und auch der Militärdienst selbst. Diese Vergünstigung sollte sich besonders in Kriegszeiten auswirken: Nachdem es zeitweilig schwierig geworden war, neue Siedler für die nachfolgenden Moorsiedlungen zu gewinnen, steigt die Zahl der Bewerber geradezu sprunghaft an, sobald es darum geht, der Rekrutierung auszuweichen. Auch erste Bauernsöhne sind da bereit, eine schon besetzte Siedlerstelle dem Inhaber für 50 Taler abzukaufen, um in dessen Rechte als vom Kriegsdienst befreiter Kolonist eintreten zu können. Um 1800 erwägt die kurhannoversche Rentkammer eine erhebliche Erhöhung der Zinslasten für neue Siedler, um den Zustrom ins Moor – Flucht vor dem Militär – abzubremsen.

Die Arbeit auf dem Torfmoor war schwer; was sie einbrachte, reichte vielen Familien nur für das Lebensnotwendige.

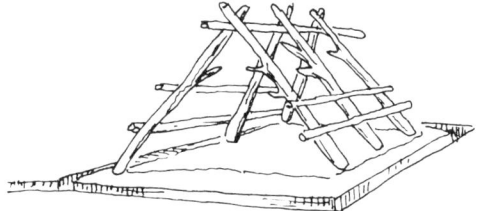

Balkengerüst einer Schutzhütte auf dem Moor. In dieser Weise wurden auch die Moorkaten als erste vorläufige Behausung von den Ansiedlern selbst gebaut.

Hat sich ein Neusiedler einmal verpflichtet, die Hofstelle im Moor zu den aufgeführten Bedingungen zu übernehmen, dann ist er auch daran gebunden. Eigenmächtig darf er sich nicht davon lösen. Wer die Stelle ohne Genehmigung verläßt, setzt sich der Strafverfolgung aus. Da sein früherer Geestbauer sich weigert, ihn aufzunehmen, kann er nur außer Landes gehen – nach Holland beispielsweise. Wer in Kriegszeiten moorflüchtig wird, gilt als Deserteur und wird entsprechend behandelt. – Nur durch ein Bittgesuch mit Angabe wichtiger Gründe ist die Befreiung von der Moorstelle überhaupt zu erreichen:

Gott hat es gefallen, mir das Kreuz eines starken Bruchschadens aufzuerlegen, wie es auch Ew. Exellenz Hochgeborene Gnaden in angebogenem Schein geruhen zu bemerken. Bei diesen Umständen muß ich fußfällig anflehen, Hochdieselben wollen die Gnade für mich zu haben geruhen, mich von der Stelle zu dispensieren. Als untertänigster Knecht ersterbe ich in Devotion . . .

Viele der neuen Siedler haben das Moor, einige davon schon nach kurzer Zeit, wieder verlassen. Der Wechsel der Familiennamen (eingetragene Besitzer der Hofstellen) läßt Rückschlüsse auf die Abwanderung aus den Mooren zu. Als Beispiel dafür das Dorf Worphausen:

Worphausen:

1772		1826	
Stelle:	1. Gevert Kück	Stelle:	1. Herm. Kück
	2. Jürgen Warjes		2. Joh. H. Meyer
	3. Albert Rodenborg		3. Claus Rohdenborg
	4. Claus Blanke		4. Joh. H. Gefken
	5. Gerh. Hein		5. Dierk Rodenborg
	6. Dierk Gefken		6. Joh. Dierk Meyer
	7. Joh. Kahrs		7. Hinr. Kahrs
	8. Peter Bögel		8. H. Biehbrock
	9. vakant		9. Luer Lachmund
	10. Joh. H. Binsmann		10. Andr. Warneke
	11. vakant		11. Joh. H. Meyerdierks
	12. Cord Cordes (Tarmstedt)		12. Chr. Schnars
	13. Hinr. Cordes		13. Joh. Boschen
	14. Gerd Bohlens		14. Dierk Schnars
	15. Joh. Biohl		15. Joh. H. Schnars
	16. Bollwien Runge		16. Harm Schnars
			17. Dierk Behrens
			18. Gevert Behrens
			19. G. Meyerdierks

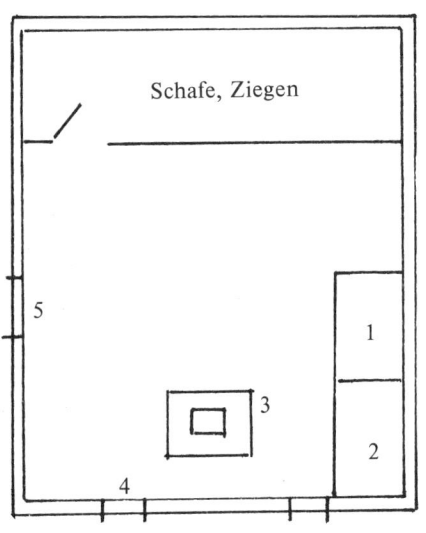

Schafe, Ziegen

5
1
3
2
4

Grundriß einer Moorkate
1 und 2: Schlafstellen, 3.: das Flett mit einer Herdstelle,
4.: bleigefaßtes Fenster, 5.: Eingang

Die Pflicht, ein Haus zu bauen

Mit der Übernahme der Siedlerstelle verpflichtete sich der Ansiedler auch, binnen eines Jahres ein Haus darauf zu bauen. Gemeint ist damit nicht die Moorkate, die »Hutten«; diese von den Siedlern in Nachbarschaftshilfe selbst errichtete Behausung wurde nur als vorläufige Unterkunft angesehen, die alsbald verschwinden sollte. Es ging um ein zwar bescheiden kleines, aber regelrechtes Bauernhaus in Fachwerkbauweise mit Strohdach (später Reetdach) und mit Lehmwänden.

Auf den 30 Hofstellen Heudorfs stehen nach einem Jahr erst 18 Häuser. Auch die Ostersoder (1760) müssen nachdrücklich ermahnt werden, den Hausbau nicht zu vernachlässigen. Aber diese 25 Siedler auf ihren Moorstellen von 45 Morgen haben einen überaus schwierigen Anfang. 1760 bricht eine große Viehseuche aus, die den Viehbestand stark reduziert. Es fehlen Moorflächen für den Torfstich; erst sechs Jahre später werden den Ansiedlern weitere Moorgebiete, sogenannte »Weinkaufsmoore« (Pachtland auf begrenzte Zeit) zugewiesen, für die sie jährlich fälligen Zins aufzubringen haben. Bis dahin konnte nur das Ausheben der Schiffgräben im Tagelohn wenigstens in den Sommermonaten ein wenig Geld einbringen, die Armut auf diesen Stellen lindern. – Wie war unter solchen Umständen an frühzeitigen Hausbau zu denken?

Der Staat machte Auflagen und setzte sie bei unbegründeten Versäumnissen auch durch. Wer bis zum festgesetzten Termin das Bauholz nicht auf die Stelle geschafft hatte, konnte Aufschub um ein weiteres Jahr erhalten, oft gegen Gestellung eines Bürgen. Danach drohte die »Abmeierung«: der Siedler verlor seine Stelle ohne Entschädigung – alle Mühe, alles Darben waren umsonst gewesen. Die Tatsache, daß bis weit ins 19. Jahrhundert hinein noch etliche der einfachen Katen in den Moordörfern standen, ein wenig ausgebaut, erweitert, läßt uns vermuten, daß die Rentkammer harte Maßregelungen nur im äußersten Fall, bei ausgesprochen widerspenstigem Verhalten einsetzte. Ohne Not verzichtete sicher keine Moorbauernfamilie auf ein richtiges Bauernhaus, zumal das Wohnen in der feuchten, im Winter besonders kalten Kate gesundheitsschädlich war; im Teufelsmoor grassierten Rheumaerkrankungen und die Schwindsucht.

Die letzte Moorkate im Teufelsmoor stand am Kniependamm von Neu Sankt Jürgen. Obwohl Karl Lilienthal (»Jürgen Christian Findorffs Erbe«) sich sehr um ihre Erhaltung als Kulturdenkmal bemühte, wurde sie nach 1933 abgerissen.

Peter und Trina Rathjens Moorkate am Kniependamm (Neu-Sankt-Jürgen)

Ein Moordorf wird zweimal gegründet

Die Meierbriefe wurden den Neusiedlern häufig erst nach mehreren Jahren ausgeliefert. Vermutlich wurden sie zunächst »auf Probe« im Moor angesetzt: ob jemand die schweren Anfangsjahre durchstehen würde, war ja keineswegs sicher. Ein, allerdings wohl extremes Beispiel dafür gab Hüttendorf, das zweimal gegründet werden mußte, 1768 und 1776. Die ersten 20 Siedler, ausgestattet mit je 30 Morgen ertragfähigem Moorland, dazu gemeinsam zu bewirtschaftender Vorweide, gaben die Stellen wieder auf. Ihr Grasland grenzte an das Gebiet der Teufelsmoorer, und diese versäumten keine Gelegenheit, Streitereien vom Zaun zu brechen, den Siedlern Schwierigkeiten zu bereiten, wo immer es ihnen nur möglich war. Die bereits angelegten Entwässerungsgräben wuchsen wieder zu, die eingesetzten Geldmittel waren vertan. Erst ein zweiter Versuch, die ausgewiesenen Stellen mit neuen Siedlern zu besetzen, verlief erfolgreicher. Unter den neuen Bewerbern für Hüttendorf fanden sich auch Söhne von Teufelsmoorer Bauern. Sie wurden ausnahmslos abgelehnt, aus gutem Grund. – Nicht selten kam es vor, daß sich Geestrandbauern um eine Siedlerstelle bewarben – damit sie nicht besetzt wurde.

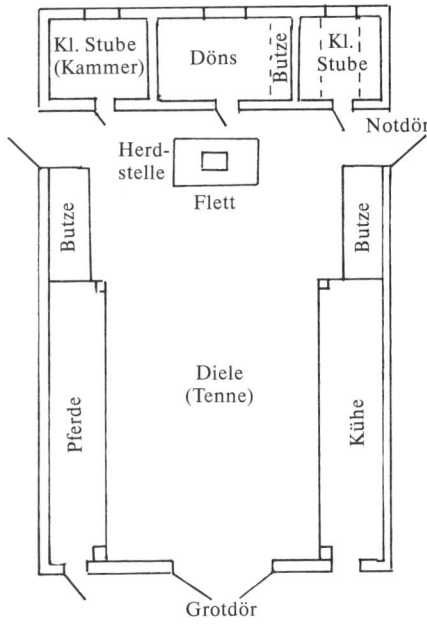

*Vorderfront eines Zweiständer-
hauses in Niedersachsen*

Kl. Stube
(Kammer) | Döns | Butze | Kl.
Stube

Notdör

Herd-
stelle

Flett

Butze

Butze

Pferde

Diele
(Tenne)

Kühe

Grotdör

*Grundriß eines Rauchhauses
(Schema)*

Händel mit den Geestbauern

Auseinandersetzungen mit den alteingesessenen Bauern an den Moorrändern – Hepstedt, Breddorf, Tarmstedt und insbesondere Teufelsmoor – oft sogar handgreiflicher Art und ausgetragen bis vor die Schranken des Gerichts, überschatten das Kolonisationswerk im Teufelsmoor über Jahre, teilweise sogar Jahrzehnte hinaus. Die Ansiedler werden als freche Eindringlinge betrachtet, als »tolopen Volk«, das man schleunigst vertreiben muß, als Habenichtse, vor denen man das Eigene hüten, Haus und Hof schützen muß.

Dabei waren unter den Siedlern keine »Ausländer«, auch keine »ehemaligen Sträflinge«. Und »Tataren« (Zigeuner) haben sich in keinem der Moordörfer zur Zeit der kurhannoverschen Kolonisation niedergelassen. Behauptet wurde es, denn »vielen sah ja das Tabernblut aus den Augen«.

Bezeichnend für die heftigen Auseinandersetzungen zwischen Geestrandbauern und Ansiedlern im Moor sind die Vorkommnisse in Neu Sankt Jügen am Abelhüttenberge in den Jahren 1751 bis 1760. Ähnliches hat sich auch in den Dörfern anderer Moorteile zugetragen. Karl Lilienthal berichtet davon:

Als am 7. März 1752 die Moorbauernstellen für Neu Sankt Jürgen ausgewiesen werden sollten, erschienen auch die beiden Teufelsmoorer Martin Finken und Heinrich Schmonsees, widersetzten sich der Stellenzuweisung an die Siedler, indem sie behaupteten, das Land gehöre ihnen. Dem Bremervörder Amtmann Meyer legten sie ein Schreiben der Stader Justizverwaltung vor, eine »einstweilige Verfügung«, in der »bei Gefängnisstrafe« vorerst den Siedlern untersagt wurde, mit dem Anbau zu beginnen.

Da der Amtmann auf ausdrückliche Anweisung der Rentkammer handelte, ließ er diesen Einspruch zunächst nicht gelten, zumal er völlig sicher war, daß die Forderungen der Teufelsmoorer absolut unberechtigt waren. Es kam zu einer sehr heftigen Auseinandersetzung; Finken und Schmonsees drohten damit, jede Kate, die auf diesem Moorland aufgestellt würde, niederzureißen, jeden Entwässerungsgraben wieder zuzuwerfen.

Auch das Angebot des Amtmanns den Teufelsmoorern, die durch den Anbau eventuell entstandenen Schäden zu ersetzen, wenn sie durch den Gerichtsbeschluß tatsächlich Recht bekommen sollten, wiesen die beiden Bauern ab. Sie bestanden darauf, die Arbeiten auf dem Moor sofort einzustellen.

Da es auch die Rentkammer nicht riskierte, dem Rechtsverfahren in Stade vorzugreifen, ruhte die Arbeit auf dem Moor am Abelhüttenberge monatelang. »Das Land« schreibt Lilienthal, »sank in seine Stille und in seinen Schlaf zurück. Das im Frühjahr mit unendlicher Mühe zugebrochene und besäte Land verqueckte und versumpfte vor den Augen der Siedler. Und in einer Nacht schlichen Knechte aus Teufelsmoor an ihre Behausungen, schlugen zwei Grenzpfähle um und stürzten zwei Baugerüste in Trümmer. Ohnmächtig stand das Hüttenvolk vor den Holzhaufen. Das Werk der Kolonisation drohte unterzugehen.«

Als endlich der Gerichtsbeschluß den Neusiedlern ungestörten Weiterbau zusicherte, war der Sommer bereits vergangen. Trotzdem wurden im Herbst alle 45 Siedlerstellen ordnungsgemäß besetzt. Für die ersten festen Häuser wurden sogar schon ein Jahr später Richtfeste gefeiert – alle Ansiedler am Abelhüttenberge waren vergleichsweise gut bemittelte Bauernsöhne. »Es wurde fieberhaft gearbeitet, aus Furcht, noch einen so strengen Winter wie den vergangenen in den Moorkaten zu verbringen.«

Doch die Übergriffe seitens der ansässigen Bauern hörten nicht auf. Neugebaute Brücken (der Kirchsteg über die Wörpe, die Brücke über den Scheidegraben zwischen Wörpedorf und Tarmstedt) wurden wiederholt eingerissen. Dämme wurden abgetragen und unbefahrbar gemacht, ohne Rücksicht darauf, daß die Geestbauern sich damit auch selbst schädigten. Der Transport von Bauholz auf das Moor wurde behindert; Zuwege zur Geest wurden den Siedlern versperrt; Lehm für den Hausbau abzufahren wurde ihnen verweigert – und damit war die Fertigstellung der Häuser im Moor infrage gestellt . . .

Erst nachdem empfindliche Strafen verhängt wurden, trat am Abelhüttenberge und an der Wörpe Ruhe ein – 1760, neun Jahre nach Beginn der Kolonisation. Anlässe für immer neue und von den Gerichten kostenpflichtig zu schlichtende Streitigkeiten gaben die Wiesen im Grenzbereich zwischen Moor- und Geestdörfern. Die Amtmänner im Teufelsmoor, mit der Durchführung der Kolonisation zusätzlich belastet, hatten in den ersten Jahren wahrhaft keinen leichten Stand, zumal ihnen heftige, zum Teil sogar handgreifliche Auseinandersetzungen auch mit Hitzköpfen unter den Siedlern nicht erspart blieben. Es ist verständlich, daß sie die Rentkammer drängten, einen tatkräftigen Moorvogt einzusetzen, der sie entlasten konnte. Er kam 1760, sein Name: Jürgen Christian Findorff.

Schiffgräben – Verkehrswege im Moor

Die Karte der Wasserläufe im Teufelsmoor zeigt ein feinadriges Netz von kleinen und größeren Kanälen. Die meisten waren nur so breit und tief, daß kleine Torfschiffe darauf verkehren konnten. »Schiffgräben« wurden sie genannt. Alle in den Mooren künstlich angelegten Wasserwege münden in die Hamme, die Wümme und deren Zuflüsse, die Wörpe, die Beeken. Wenn man bedenkt, daß diese Moorkanäle von den Siedlern selbst mit Schaufel und Spaten ausgehoben wurden – dazu selbstverständlich auch die zahllosen schmalen Entwässerungsgräben (die »Grüppen«) und die etwas breiteren Grenzscheiden (die »Scheeden«) zwischen den einzelnen Hofstellen und den Moordörfern – dann läßt sich in etwa ermessen, welch ungeheure Arbeit neben der eigentlichen Aufgabe, der Kultivierung des Moorbodens, geleistet werden mußte.

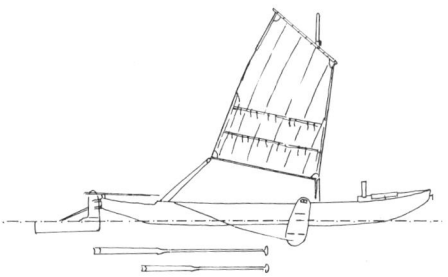

Torfkahn, speziell für die Schiffswege im Teufelsmoor gebaut

Man mag wohl fragen, weshalb sich die kurhannoversche Rentkammer nicht an das beispielhafte Vorgehen der Holländer bei der Moorkultivierung hielt. Auf den holländischen Mooren wurden neue Hofstellen erst dann ausgewiesen, wenn alle Fragen der »Infrastruktur« in den betreffenden Gebieten geklärt, wenn großzügig angelegte, breite und tiefe Haupt- und Seitenkanäle völlig fertiggestellt waren. Warum wurden im Teufelsmoor die Wasserstraßen als die doch weitgehend einzigen und deshalb lebenswichtigen Verkehrswege erst nebenbei und durch den Einsatz der Siedler als Arbeitskräfte geschaffen? – Der Rentkammer fehlte es an Geld; mehr zu investieren, als für den Augenblick unbedingt erforderlich, war im Teufelsmoor nicht möglich; Ausgaben und Einnahmen sollten möglichst kurzfristig zumindest ausgeglichen sein. Das erklärt, weshalb Jahrzehnte vergingen, bis alle Kanäle für den Torfschiffsverkehr auf die erforderliche Breite und Tiefe gebracht worden waren – schwere Jahre für die davon betroffenen Moorkolonien! Trockenlegung der Moorteile und Ausbau der Schiffgräben vor der ersten Besiedlung forderte Jürgen Christian Findorff 1769 in seinem »Moorkatechismus« und konnte wenigstens durchsetzen, daß bei seinen beiden letzten großen Projekten, der Besiedlung des Gnarrenburger und des Oste-Moores, die Dorfanlagen und die Kanalbauten gleichzeitig und mit dem nach seinen bisherigen Erfahrungen notwendigen finanziellen Einsatz in Angriff genommen wurden.

Voraussetzung für den Torfhandel waren schiffbare Gewässer in unmittelbarer Nähe der Siedlungen. Wörpedorf und Eickedorf lagen zwar an einem kleinen Fluß, aber die Wörpe war wegen ihres geringen Gefälles – deshalb viele Windungen – bei durchweg niedrigem Wasserstand sehr versandet und streckenweise kaum zu befahren. (Erst ein parallel zur Wörpe angelegter Schiffgraben brachte für die schwierigsten Abschnitte Verbesserung für die Torfschiffe.)

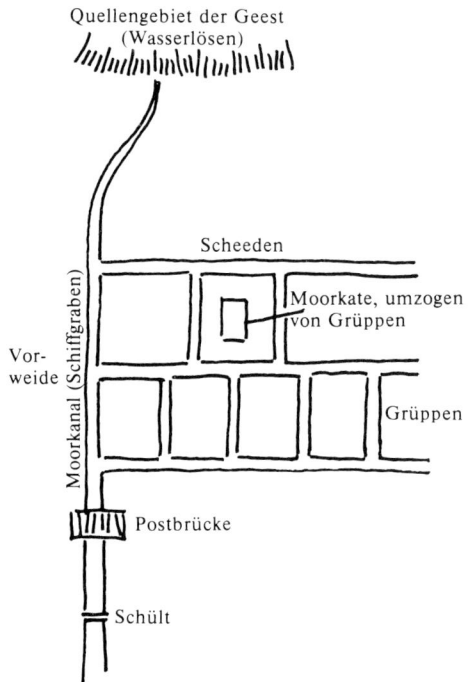

Durch Grüppen, Scheeden und Kanäle (Schiffgräben) wird das Moor entwässert. Dem Moorkanal (Schiffgraben) wird zusätzlich Quellwasser von der Geest zugeleitet. Stauwerke sorgen für ausreichend hohen Wasserstand.

Die älteste Stauvorrichtung ist das Schütt. Das »Staubrett« (a) wurde mittels eines gezähnten Balkens (b) aus der seitlichen Führung herausgehoben, damit das Torfschiff passieren konnte. Da der Wasserverlust sehr groß war, wurden die Moorbauern angehalten, stets zu mehreren den Schiffgraben zu befahren.

Setzt uns die Schleusen und die Wasserstraße in Ordnung, ansonsten sind wir genötigt, fortzuziehen und das liebe Brot in entfernteren Ländern zu verdienen. Welch ein Umstand ist es, Torf nach Bremen zu versilbern; es nimmt uns halb den Tag, bloß nach Bremen hinzugelangen, nicht gerechnet die Zeit, den Torf an den Mann zu bringen.

So klagten die Siedler von Schmalenbek und Rautendorf (1761/62). Ihr Schiffgraben war nur halb fertig geworden, war zu flach ausgegraben und hatte schlechte Uferbefestigungen. Ursache: Die Rentkammer hatte den von Findorff vorgelegten Kostenanschlag über 2000 Reichstaler um die Hälfte gekürzt.

Für die Hüttendorfer Siedler stand in den ersten Jahren kein Gewässer zur Verfügung; sie mußten ihren Torf zum Hüttenbuscher Schiffgraben hinübertragen, denn auch mit Torfkarren war auf dem weichen Moorboden nicht zu verkehren – von Pferdefuhrwerken ganz zu schweigen.

Wasserlösen und Schütte

Große Erschwerungen für die Schiffahrt aber brachte noch ein weiterer, durch die Hochmoore selbst gegebener Umstand: das Wasser aus Grüppen und Scheeden verlief sehr schnell und versiegte bald. Im Hochmoor gibt es keine Quellen; sofern sie nicht unmittelbar an den Abhängen der Geest gelegen sind, können nur Regen und Schnee Nachschub bringen. – Die Neusiedler am Abelhüttenberge trafen ein Abkommen mit den Hepstedtern: es wurde ihnen gestattet, Wasserzuleitungsgräben bis ins Quellgebiet der Hepstedter Feldmark (Wasserlösen) zu ziehen; die Hepstedter durften den Schiffgraben mitbenutzen. Dasselbe Problem trat in Adolphsdorf, einem der zuletzt gegründeten Moordörfer (1800) an der alten »Semkenfahrt«, auf. Durch die Moorkultivierung herrschte auch hier ständiger Wassermangel. Um das Übel abzustellen, gab es nur eine Möglichkeit: der Schiffgraben mußte bis in die den Tarmstedtern zugesprochenen Moore verlängert werden. Dort sammelte sich das von der höher gelegenen Geest abfließende Wasser. Allerdings war weder an Übernahme der Kosten durch das Rentamt, noch an die Zustimmung der Tarmstedter, mit denen ja ohnehin nicht gut Kirschen essen war, zu denken. Selbsthilfe war das einzige Mittel: Von den Tarmstedtern unbemerkt, machten sich die Bauern aus Adolphsdorf, aus Otterstein und anderen, gleichfalls an der Semkenfahrt interessierten Siedlungen in der Dunkelheit mit Spaten und Schaufeln ans Werk und stachen Zuleitungsgräben aus. Da floß das Wasser. – Wie berichtet wird, machten die Tarmstedter, ganz gegen ihre Gewohnheit, gute Miene zum bösen Spiel. Der Amtmann verhehlte nicht seine Anerkennung, und etliche Jahrzehnte später griff der Pastor und Heimatschriftsteller Dietrich Speckmann diese Historie in seinem Moor-Roman »Jan Murken« auf.

Aber die Wasserzuführung allein genügte nicht. Es mußte in den Schiffgräben aufgestaut werden. Die herkömmliche, »einfachste« Stauvorrichtung ist von alters her das »Schütt«: eine Holzwand aus fugendicht aufeinandergesetzten Brettern oder Bohlen, die in Führungen links und rechts am Grabenrand gehalten wird. Sollen Torfschiffe passieren, müssen Bohlen angehoben und herausgenommen werden. Auf dem abfließenden Wasserschwall »ritten« die Schiffe bis zum nächsten, in der Regel nur etwa vierhundert Meter entfernten Schütt. Der Neu Sankt Jürgener Schiffgraben brauchte 18 Staustufen; 18 aufwendige und im Wasser natürlich auch reparaturbedürftige Holzkonstruktionen mußten von Zimmerleuten auf der Geest hergerichtet und eingesetzt werden.

Man konnte es nicht dem einzelnen Torfschiffer überlassen, die Schütte zu bedienen; der Wasserverlust wäre bei häufigem Durchschleusen viel zu groß gewesen. Gemeinschaftliches Fahren war unerläßlich. Absprachen unter den Moorbauern reichten nicht aus; von Amts wegen wurde eine Grabenordnung erlassen, an die sich auch die Hepstedter und die Überhammer zu halten hatten. Darin wurde festgelegt, in welchen Monaten, an welchen Wochentagen zu welchen Tageszeiten jeweils die Schütte für die abwärts und aufwärts verkehrenden Torfschiffe geöffnet wurden. Wer sich nicht pünktlich an seinem Schütt einfand, mußte bis zum nächsten Termin warten. Nicht genug damit: Auch ein amtlich vereidigter »Schüttherr« mußte eingesetzt werden – und wurde wieder abgelöst, weil man ihm vorwarf, er habe Freunde bevorzugt behandelt. Es war ein höchst undankbares Amt; immer wieder kam es zu Streitigkeiten:

Harm Wellbrock aus Überhamm war von Johann Schröder und Johann Grimm aus Neu Sankt Jürgen am 2. November 1765 angeklagt worden. Harm Wellbrock war, anstatt zur festgesetzten Zeit, später (und allein) gefahren. Er hatte auch die Schütte offengelassen, so daß den Neu Sankt Jürgener Bauern das Wasser wegfloß. Harm Wellbrock sagte aber, Claus Tietjen, der auch dabei gewesen wäre, könne bezeugen, daß er die Schütte geschlossen hätte. Die Neu Sankt Jürgener erwiderten, er müsse sich nach den Abfahrzeiten richten. Darauf sagte Harm Wellbrock, er hätte die Neu Sankt Jürgener gebeten, sie möchten sich eine Viertelstunde gedulden, bis er sein Schiff vollgeladen hätte. Die anderen wollten es aber nicht. Darauf wären sie weitergefahren. Als er sein Schiff vollgehabt hätte, wäre er mit Claus Tietjen hinterhergefahren. Der Torfhandel sei ja ihre Erwerbsquelle. Wenn sie, die Überhammer, sich stets nach den Neusiedlern richten sollten, dann »können wir unsere Stellen ja bald mit dem Rücken ansehen«, also auswandern müßten.

Bericht im Heimatbuch Neu-Sankt-Jürgen

Bessere Moorkanäle für den Torfschiffsverkehr

Erst die von Wasserbaufachmann Claus Witte, als Moorkommissar Nachfolger Jürgen Christian Findorffs, konstruierten »Klappstaue« brachten für die Torfschiffahrt auf den schmalen Kanälen bedeutsamen Fortschritt. Diese neuen Staue konnte auch der einzeln fahrende Torfschiffer überwinden, ohne dabei sein Schiff zu verlassen. Der hochgezogene Bug seines »Hunt« drückte das Klappstau hinunter; der Wasserdruck schob es wieder in die Höhe. Endlich durfte Jan von Moor nach Bremen fahren, wann es ihm selbst paßte. Auch mitten in der Nacht, und das taten viele Torfbauern, um die Tide auf Lesum oder Weser gut auszunutzen.

Der wohl bekannteste und sicher auch bedeutendste Schiffsgraben in früher Kolonisationszeit war die schon erwähnte (alte) »Semkenfahrt«, so benannt, weil dieser über 10 Kilometer lange Kanal an den Wiesen des Großbauern Semken entlangführte. Schon 1754 wurde mit dem Bau begonnen, aber erst Jahre später wurde er fertiggestellt. Die Semkenfahrt leitete das Wasser aus der Tarmstedter Geest durch Adolphsdorf, an Mooringen (1778) vorbei, zwischen Wester- und Südwede hindurch bis nach Waakhausen; dort mündete sie in die Hamme. Man schuf eine Verbindung zum Lüningsee, der dem späteren Moordorf Lüningsee den Namen gab. Auch die sieben Höfe von Worpheim (1772) erhielten eine Zufahrt.

Zur Unterhaltung und Ausbesserung der »Alten Semkenfahrt« gründete Findorffs rühriger Nachfolger eine »Fahrgenossenschaft«; jedes Mitglied – Benutzer der Semkenfahrt – zahlte zwei Reichstaler jährlich in eine gemeinsame Kasse; mit diesen Beträgen wurden alle baulichen Aufwendungen bestritten.

Der »Alten Semkenfahrt« fügte man eine »Neue Semkenfahrt« hinzu; den zehn Dörfern dieser Fahrgenossenschaft wurden durch den Kanal Umwege über Umbeck und Hamme erspart; eine zeit- und geldsparende Verkürzung.

Über 2000 Torfschiffe kamen um 1860 Jahr für Jahr allein die Wörpe herunter, nachdem auch hier die »Wörpefahrgenossenschaft« für den Ausbau und die Beseitigung der größten Hemmnisse gesorgt hatte. Rund 25 Dörfern war damit geholfen worden, vor allem durch einen neuen Kanal entlang der Wörpe, der das den Fluß

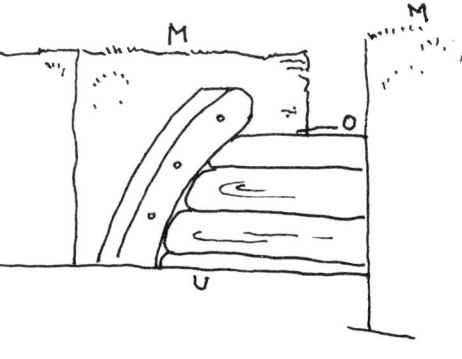

Klappstaue brachten wesentliche Erleichterung für den Torfschiffsverkehr. Durch Lederriemen verbundene, fugendicht zusammengefügte Bretter bildeten eine rolloartige »Klappe«, die vom Torfschiff hinuntergedrückt werden konnte und sich durch den Wasserdruck selbständig wieder aufrichtete. Für den aufwärts fahrenden einzelnen Torfschiffer war sie mühsam zu überwinden.

sperrende Mühlenwehr bei Lilienthal umging. Vorher mußten die Torfschiffe an dieser Stelle mit Pferden über den Deich gezogen werden.

Solche »Überzüge« waren auch am Blocklander Deich vonnöten, wenn Torfschiffer den bei Herbststürmen gefahrvollen Weg von der Lesummündung weseraufwärts nach Bremen, umgehen mußten. Der Bremer Senat ließ den breiten Torfkanal durchs Blockland bauen mit großen Hafenbecken für bessere Umlademöglichkeiten; er richtete Schleusen ein. Zwar mußten für die Benutzung des Torfkanals und der Schleusen Gebühren entrichtet werden, aber umsonst waren die Überzüge auch nicht gewesen, und der Zeitgewinn war für die Torfschiffer so beträchtlich, daß zunehmend mehr Moorbauern ihren Torf selbst nach Bremen fuhren und dort auch verkauften.

Torfhandel: gegen Preiswillkür, für gerechten Lohn

Um Zeitgewinn, Kostenersparung, letztlich um den Verkaufspreis der schwarzen und braunen Soden aus dem Teufelsmoor ging es wesentlich bei allen Kanalbauarbeiten im 19. Jahrhundert.

In den ersten Jahrzehnten der Moorkolonisation war das Torfgeschäft weitgehend in Händen der sogenannten »Eichenfahrer«, einer Torfhandelsgesellschaft, die mit amtlich geeichten und wesentlich größeren Schuten als den Torfkähnen der Moorbauern auf Hamme und Weser verkehrte. Mit kleinen Schiffen brachten viele Neusiedler ihren Torf zur Verladestelle der Schuten an der Hamme zwischen Worpswede und Osterholz. Die Eichenfahrer übernahmen und zahlten aus – nach Gutdünken; die Moorbauern waren ja auf sie angewiesen. Die Gesellschaft bestimmte auch den Verkaufspreis in Bremen, und da die Stadt sich rasch vergrößerte, die Nachfrage nach Torf ständig wuchs, war der Torfhandel ein glänzendes Geschäft für die Eichenfahrer. Alle Überlegungen in den Moorämtern und in Bremen, wie man das Monopol dieser Gesellschaft brechen könnte, fruchteten lange Zeit nichts. Man versuchte, holländische Tjalkenfahrer ins Teufelsmoor zu ziehen; man regte an, die Moorbauern sollten eine eigene Torfhandelsgesellschaft gründen – am Ende blieb nur eine Möglichkeit: der Torfbauer selbst mußte seinen Torf nach Bremen verschiffen, dort in bereitstehende Pferdefuhrwerke umladen und von Haus zu Haus verkaufen, damit er selbst zu einem besseren Lohn für seine schwere Arbeit kam und die Preistreiberei für den Verbraucher ein Ende hatte.

Das wiederum machte gutausgebaute Wasserwege zur Bedingung, damit möglichst viele Torfschiffer aus dem Teufelsmoor die Stadt in wenigen Stunden erreichen konnten, anstatt zwei und drei Tage, wie es zu Anfang war, unterwegs zu sein.

Aber Torfkähne waren teuer; nicht jeder Ansiedler konnte sich ein Halbhuntschiff leisten, das etwa 50 Körbe Torf (ca. 6 cbm) faßte. So blieb den Eichenfahrern weiterhin ein gutes Stück vom Bremer Torfkuchen, und das Gerangel um die Preise hörte nicht auf. Der Wettbewerb verschärfte sich sogar, als Steinkohle und Braunkohle im letzten Drittel des 19. Jahrhunderts den Torf als Hausbrand zunehmend verdrängten.

Um das Monopol der »Eichenfahrer« zu brechen, warb man holländische Tjalkenfahrer an.
Die Zeichnung:
Eine Tjalk wird beladen.

Der große Kanal

Das größte, teuerste und langwierigste Wasserbauvorhaben im Teufelsmoor wurde der 19 Kilometer lange »Hamme-Oste-Kanal« in Verbindung mit dem gleichzeitig gebauten Oste-Schwinge-Kanal, ein Wasserweg durchs Gnarrenburger und Oste-Moor.

In den ersten 15 Jahren der staatlichen Moorkolonisation lag der Schwerpunkt deutlich in den vier Mooren südlich von Gnarrenburg. Man hat den Eindruck, als sei es Findorff darum gegangen, hier erst einmal Erfahrungen zu sammeln, um sie später in den nördlicher gelegenen Mooren des Amtes Bremervörde ausnutzen zu können. Sein »Moorkatechismus«, Niederschlag aller bisherigen Erkenntnisse, entstand 1769. Erst in diesem Jahr wandte Findorff sich mit ganzer Kraft (trotz stark angegriffener Gesundheit!) der großen und für ihn letzten Aufgabe zu, die beiden weiträumigen Moorgebiete, das Gnarrenburger und das Oste-Moor zu besiedeln. Wie er es selbst beurteilte, hatte er in den vier anderen Moorgebieten eigentlich nur Stückwerk geleistet: hier ein neues Dorf angesetzt, dort ein weiteres . . . trotz gründlichster Planung im Einzelnen viel Unzulängliches, Vorläufiges, zu wenig zügig voranschreitende Moorkultivierung, Kompromisse. Im Gnarrenburger und im Oste-Moor sah Findorff für sich selbst die Gelegenheit, eine »Kolonisation aus einem Guß« (Müller Scheeßel) zu verwirklichen. ›Lebensader‹ für die neu zu gründenden Dörfer sollte ein in der Sohle rund vier Meter und insgesamt etwa drei Meter tiefer Kanal werden, der die beiden Flüsse Hamme und Oste miteinander verband – Verbindungsstück für einen neuen Wasserweg zwischen Weser und Elbe, Hamburg und Bremen.

Das Kanalprojekt wurde in Bremen begrüßt:
Die »in Vorbereitung gekommene Vereinigung der beiden Flüsse Hamme und Oste im Herzogtum Bremen« wäre mehr als nur ein Schiffgraben für die neu zu gründenden Moordörfer. In Verbindung mit einem weiteren, dem gleichfalls neuen Oste-Schwinge-Kanal hätte man eine Binnenwasserstraße geschaffen, die den Warenaustausch zwischen den beiden Hansestädten und Stade erheblich beleben könnte. Dabei ging es den Bremern auch um den ärgerlichen Elsflether Weserzoll der Oldenburger Grafen, den sie auf diesem Wege umgehen könnten.
Aber der Bau des Hamme-Oste-Kanals schritt nur sehr langsam voran. 21 Jahre waren seit Baubeginn vergangen, als 1790 die ersten Schuten mit Brennholz und Schiffbauholz auf dem neuen Wasserweg nach Bremervörde und von dort aus weiter nach Hamburg gebracht werden konnten. Die erforderliche Breite und Tiefe war nicht in einem Arbeitsgang zu erreichen; der weiche Moorboden wäre nachgerutscht. Acht Jahre lang mußte abschnittsweise nachgegraben werden. Besondere Schwierigkeiten bereitete dabei das zu durchquerende »Hohe Moor«, in dem unterirdische Wasserläufe das Kanalbett immer wieder unterspülten.
Mehr als 53 000 Reichstaler hatte der Kanalbau gekostet. Findorff, der die Bauarbeiten an beiden Kanälen geleitet hatte, war davon überzeugt, daß sich dieser hohe Aufwand auszahlen würde. Zwar gab es anfangs nur wenige Schiffe auf dem Kanal, die 2000 Pfund Fracht laden konnten – ein paar Überhammer hatten sich solche Schuten zugelegt –, aber es würden rasch mehr werden. Und bei weiterer Vertiefung und Verbreiterung des Hamme-Oste-Kanals, Beseitigung einiger den Schiffsverkehr störenden Schütte, könnten durchaus Schiffe mit 4000 Pfund Last diesen Wasserweg benutzen. »Und da es vorerst an inneren Landes-Produkten zum auswärtigen Versenden nicht fehlet«, schrieb er 1792 in einem Promemoria, ein halbes Jahr vor seinem Tod, sondern »vielmehr sehr wahrscheinlich ist, daß mit der Zeit gewiß auch der Warenhandel von Bremen auf Hamburg sich hierher ziehen werde.«
Findorff sollte nicht recht behalten. Für Frachtverkehr zwischen Bremen und Hamburg blieben der Hamme-Oste-Kanal und der Oste-Schwinge-Kanal bedeutungslos. Ein neues Zeitalter zog herauf; die Industrielle Revolution brachte Straße und Schiene ins Land; neue Verkehrswege, neue Beförderungsmittel, die für viele Frachtgüter – ausgenommen einige Massengüter wie Baustoffe, Torf und Kohle – rentabler wurden als die langwierige Kanalschiffahrt mit ihren niemals vollständig zu beseitigenden Hindernissen und Erschwerungen.
Aber diese neuen Kanäle waren ja nicht nur als ›Fernverkehrsstraßen‹ gedacht und geplant, sondern auch für die Entwässerung der beiden Moore und für den Torfhandel gebaut worden. Und für den ›Nahverkehr‹ auf dem Wasser hat sich der Hamme-Oste-Kanal über Jahrzehnte hinaus sehr bewährt.

Torfewer, eingesetzt für den Torfhandel an Oste und Niederelbe

Regulativ
über
Herstellung, Unterhaltung und Benutzung
des
Fresenburger Canals.

§ 1.
Belegenheit und Länge des Canals.

Der Canal durchschneidet von der Oste ab die im nordöstlichen Winkel der Bremervörder Feldmark belegenen s. g. städtischen Hochwiesen und die Grundstücke des Bürgers C. Rück und der Anbauer L. Engelke zu Hönau, H. Burfeind daselbst und Wittwe Korte zu Lindorf in einer Länge von 79 Ruthen.

Er folgt sodann von dem s. g. Krögendamme genau dem vormaligen Bremervörde-Ochtenbäufer Grenzgraben in einer Länge von ebenfalls 79 Ruthen bis zu dem s. g. mittleren Fresenburgsdamme. Von hieraus ist der Canal ein doppelt gezweigter. Der eine Zweig setzt den Lauf auf städtischem Gebiete in der Richtung der Ochtenbäufener Grenze fort, der andere verfolgt die östliche Seite des mittleren Dammes nach dem s. g. . . . ce im Fresenburger Moor (nach dem neuen Bremervörder Felde) zu.

Die Länge des Canalzuges in der Richtung der Ochtenbäufener Grenze ist auf 356 Ruthen, die Länge der Strecke längs des mittleren Damms auf 400 Ruthen projectirt. Von dem Verzweigungspuncte am mittleren Damme werden nach beiden Richtungen durch den Canal nur Moor-Grundstücke betroffen.

Der Zweig des in der Richtung der Ochtenbäufener Grenze laufenden Canals ist so gelegt, daß er den ehemaligen Grenzgraben ganz in sich aufnimmt.

Überschwemmungen weiter Landstriche gehörten zum Jahreslauf des Teufelsmoores. Waren sie im Winter willkommen, weil Sinkstoffe aus den Moorgräben die Wiesen und Weiden düngten, so fürchtete man sie in regenreichen Sommermonaten: das Wasser verdarb die Ernte. Ottendorfer Moordamm während des Hochwassers 1916

89 neue Siedlerstellen entstanden gleichzeitig mit dem Kanalbau. Allen konnte gutes Grasland zugewiesen werden, denn darauf hatte Findorff ein besonderes Augenmerk gehabt, als die Kanalroute endgültig festgelegt wurde (nach einem Vorschlag, der im Auftrag der Regierung schon 20 Jahre früher ausgearbeitet worden war). Auf dem Hamme-Oste-Kanal beförderten die Siedler im Gnarrenburger Moor ihren Torf, auch in Richtung Bremen, aber mehr zum näher gelegenen Bremervörde. Dort übernahmen Torf-Ewer den Weitertransport und den Verkauf an Großabnehmer im Norden.

Als Schiffgraben hat der Hamme-Oste-Kanal so lange gute Dienste getan, bis auch im Teufelsmoor der Handelsverkehr auf gepflasterten Straßen und auf Schienenstrecken die Kanalschiffahrt ablöste.

Eines der zehn neuen Dörfer links und rechts des Hamme-Oste-Kanals im Gnarrenburger Moor erhielt den Namen des Moorkommissars: Findorf.

Das Torfmoor ohne Moorkanäle

Wo es weder ausreichend gutes Grasland noch schiffbare Gewässer gab, war es um die wirtschaftliche Entwicklung neuer Moordörfer in den Anfangsjahren sehr schlecht bestellt: – Südlich der Wümme, zwischen Bassen, Baden, Langwedel und Hellwege, liegt das Hellweger oder Tüchtener Moor. Zugang zur Wümme gab es nicht. Hier hätte ein größeres Kanalnetz geschaffen werden müssen, und das war den staatlichen Stellen zu teuer. Findorff, dem neben den beiden großen Projekten südlich und nördlich von Bremervörde auch die Oberaufsicht über die Gründung dieser Moorkolonien, der Dörfer Wümmingen, Rotlake, Posthausen, Mitteldorf, Stellenfelde, Hintzendorf, Allersdorf, Grasdorf, Giersdorf, Schanzendorf und Borchel übertragen wurde, entschloß sich, im Hellweger Moor Dämme aufwerfen zu lassen, die zu Fahrwegen ausgebaut wurden.

So war auch diesen Ansiedlern der Torfhandel, wenngleich in beschränktem Umfang möglich, zumal sich die Geestbauern in der Regel den Torf mit ihren Fuhrwerken selbst von den Moorhöfen abholten.

Obwohl sich die Kolonisten mit allem Fleiß bemühten – man hatte vor allem jüngere Bauernsöhne aus den umliegenden Dörfern ausgewählt, die als besonders fleißig galten – dem kargen Boden durch das Moorbrennen Erträge abzugewinnen und so viel Torf wie irgend möglich zu verkaufen, reichte das nicht für den Lebensunterhalt; sie waren gezwungen, zusätzlich bei einem Geestbauern zu arbeiten, und das kostete viel Zeit und Kraft, die der Urbarmachung des eigenen Bodens natürlich verloren gingen. Häufig kam es in diesen Moordörfern vor, daß die ersten Ansiedler die Stelle wieder aufgeben mußten, daß andere dort den Moorspaten übernahmen.

Grundriß des alten Schulhauses in Mevenstedt

Aus Hochmooren wird Bauernland

Seit der Gründung des ersten Moordorfes Neu Sankt Jürgen 1751/52 waren fast 50 Jahre ins Land gegangen. »Schlußdorf«, angelegt im Jahre 1800, sollte das vorerst letzte von insgesamt mehr als 60 Dörfern mit 1239 Höfen im einst fast unbewohnten, weil tauben und unwegsamen Hochmoor sein. Nahezu 6000 Menschen hatten in den neuen Siedlungen ein Zuhause, im Teufelsmoor ihre Heimat gefunden.

Wo es von Anfang an reichlich gutes Grasland gab, wo die Boden- und Wasserverhältnisse für den Anbau günstig waren, wo Äcker und Weiden durch zügig voranschreitende Kultivierung hinzugewonnen werden konnten, hatten sich ansehnliche

Moorhöfe entwickelt. Daneben aber lebten viele Menschen in ihren einfachen Behausungen immer noch sehr ärmlich. Wie zu Anfang waren sie auch fünfzig Jahre später noch gezwungen, sich durch Torfgraben und Torfverkauf ihren Lebensunterhalt zu verschaffen. Erst ein Siebtel der großen Moorflächen war um 1800 kultiviert. Da trat ein Ereignis ein, das für die Landwirtschaft im Teufelsmoor von außerordentlicher Bedeutung werden sollte: die Entdeckung des Kunstdüngers durch Justus Liebig. 1877 hatte man in Stade eine Moorversuchsanstalt eingerichtet, dem Ansehen nach eine Großgärtnerei, in der auf Beeten verschiedener Moorbodenarten und Mischungen aus Torf und Sand Saat- und Pflanzversuche gemacht wurden. Ein Teil dieser Anlagen wurde wie im Teufelsmoor mit Viehdung versorgt. Andere Beete wurden mit Kalk, mit allerhand Salzen aus Bergwerken und mit feingemahlener Schlacke aus den Öfen der Stahlkocher gedüngt. Die Erträge aus diesen »künstlich« gedüngten Feldern waren über alles Erwarten groß. Und die Erfolge blieben nicht aus, als diese Versuche auf Wiesen und Äckern im Teufelsmoor fortgesetzt wurden, sogar auf dem Hochmoor selbst, ohne den Torf vorher abzugraben.

Die Möglichkeit, das Hochmoor unter Zuhilfenahme von Kunstdünger (und später durch Einsatz tiefgreifender Moorpflüge) unmittelbar in Kulturland zu verwandeln, wurde im 19. und 20. Jahrhundert in immer größerem Umfang ausgenutzt. 1940 waren von den 66 000 Morgen Moorland der 65 Dörfer in den ehemaligen fünf Moorämtern nur noch 9 000 Morgen unbebaut. Drei Fünftel der Flächen waren Weiden und Wiesen geworden, ein Fünftel war Ackerland, der Rest Hofgrundstücke, Gärten, Wege, Gräben und Ödland. Bis auf kleine Reste war schon vor 45 Jahren das Hochmoor völlig verschwunden.
Entsprechend wuchs der Viehbestand auf den Moorhöfen. Als Beispiele dafür wieder das zuerst gegründete Moordorf und das letzte:

Wenn der Fotograf schon mal da ist, dann muß doch auch das Pferd mit aufs Bild. Viele Moorhöfe konnten sich erst etliche Jahrzehnte nach der Gründung das erste Pferd leisten. Es fehlte an Grasland.

	1824	1940	1824	1940	1824	1940	1824	1940
		Pferde		Hornvieh		Schafe		Schweine
Neu St. Jürgen 45 Stellen	4	107	180	767	160	13	—	338
Schlußdorf 26 Stellen	—	53	52	454	44	17	—	133

Abwanderung aus dem Moor

Parallel zu dieser Entwicklung verlief aber eine zweite, für das Teufelsmoor und seine Bevölkerung nicht minder bedeutsame:
Je weiter die Kolonisierung voranschritt, umso mehr drängten neben Knechten, Kätnern und den nachgeborenen Söhnen der Geestbauern auch die Söhne der bereits angesiedelten Moorbauern in die neu angelegten Dörfer: sie waren im Moor aufgewachsen und deshalb besonders befähigt, sich hier eine Existenzgrundlage zu schaffen. Mit dem Abschluß der Kolonisation hörte das auf; neue Hofstellen wurden nicht mehr eingerichtet. Wenn der väterliche Moorhof nicht aufgeteilt werden konnte, blieb nachgeborenen Söhnen häufig nichts anderes übrig, als auszuwandern; viele gingen nach Amerika.
Die Hofstellen aufzuteilen, war den Moorbauern als abhängigen Meiern des Staates bis ins 19. Jahrhundert hinein untersagt. Obwohl Moorkommissar Witte 1829 nochmals darauf hingewiesen hatte, daß lebensfähige Höfe im Moor mindestens 40 bis 50 Morgen Land brauchten, wurde das Teilungsverbot gelockert, und zahlreiche Bauern machten im Teufelsmoor davon Gebrauch – im Endeffekt zum Nachteil ihrer Erben.

Da sie in der Heimat keine Existenzgrundlage fanden, blieb vielen nachgeborenen Bauernsöhnen keine andere Möglichkeit, als nach Amerika auszuwandern.

Was sich die Moorkolonisation zum Ziel gesetzt hatte, das war nach mehr als einhundertfünfzig Jahren endlich erreicht: das Teufelsmoor war ein Bauernland geworden. Torf wurde im wesentlichen nur noch für den eigenen Bedarf gegraben; und viele Moorbauern mußten sich das Brenn- und Streumaterial schon selbst kaufen.

Etwa gleichzeitig wurde den Siedlern auch die Möglichkeit gegeben, ihre Hofstelle mit dem fünfundzwanzigfachen Jahreszins abzulösen. Damit hatten sie sich freigekauft und waren Eigentümer von Grund und Boden. Mehrere Millionen Taler Ablösegeld flossen aus dem Teufelsmoor in die staatlichen Kassen. Da die Bauern diese für sie hohen Beträge nur in Ausnahmefällen selbst aufbringen konnten, mußten sie Anleihen aufnehmen – in einer Zeit, in der ihr Torfhandel bereits zurückging und die finanziellen Belastungen für Gemeindeeinrichtungen, für die Erhaltung der Schiffgräben, Staue und Brücken, dazu auch die Kosten für die Benutzung der Transportwege nach Bremen ständig wuchsen. Hohe Neuverschuldung zwang manchen Moorbauern zur Aufgabe von Haus und Hof. Als krisenfester erwiesen sich in der Regel nur die größeren bäuerlichen Betriebe, wie wir sie heute noch im Teufelsmoor antreffen. Die Zahl der kleineren Moorstellen dagegen verringerte sich rasch; wo es sie heute noch gibt, werden sie überwiegend nur als Nebenerwerb betrieben.

Moorkultivierung – Moorzerstörung

Aus heutiger Sicht, dazu in einer Zeit landwirtschaftlicher Überproduktion, ist die Moorkolonisation im 18. Jahrhundert auch kritisch zu sehen. Die Umwandlung der großen Moore in Kulturland erscheint auch als eine Zerstörung und nicht wieder rückgängig zu machende Vernichtung von natürlicher Umwelt des Menschen. Umso wichtiger ist es, daß die wenigen letzten Reste der heute vor allem durch den industriellen Torfabbau gefährdeten Moore gerettet werden. Naturschützer ringen seit Jahren mit staatlichen Institutionen auf unterster und höchster Ebene um die Erhaltung von Feuchtgebieten. Renaturisierung von Moorgebieten will das »Moorschutzprogramm 81« der niedersächsischen Regierung, aber gute Vorsätze helfen nicht, wenn es an der Bereitstellung der erforderlichen Mittel noch fehlt.

Und doch wäre es falsch, die kurhannoversche Moorkolonisation nachträglich zu verurteilen. Wir dürfen nicht übersehen, daß die Kultivierung des Ödlandes, der Sümpfe und Moore, in damaliger Zeit die einzige Möglichkeit war, neuen Lebensraum zu schaffen, der Abwanderung bäuerlicher Bevölkerung entgegenzuwirken. Außerdem war das Nebenprodukt der Moorkultivierung, Hunderttausende von Kubikmetern Torf allein für die Haushalte und Gewerbebetriebe in der Stadt Bremen, von großer wirtschaftlicher Bedeutung. Daß der Staat nicht den uneigennützigen Wohltäter spielte, sondern im Gegenteil auf handfesten Zugewinn bedacht war, für die eigenen Kassen, muß gleichfalls aus der Rolle des Staates in damaliger Zeit heraus verstanden werden.

Was bei der Planung und Durchführung der Moorkolonisation von den damit Beauftragten im Einzelnen geleistet wurde, verdient noch heute unsere Bewunderung. Auch für diese Menschen war alles, was sie im Teufelsmoor anfingen, neues, unbegangenes Land.

Gestern und heute

Die Zeit der Moorkolonisation ist selbst den jetzt über achtzigjährigen Moorbauern in Neu Sankt Jürgen, die sich kürzlich zu einem Klöhnschnack »ower de oolen Tiden« zusammenfanden, nur vom Hörensagen her bekannt. Und was sie als junge Männer noch selbst erlebten, die Arbeit an der Torfbank und die Fahrten mit dem schwarzen Schiff auf der Hamme, ist verblaßt in der Erinnerung. Daß sie eigentlich doch eine schwere Jugend hatten, viel arbeiten und sehr viel entbehren mußten – sie hören es sich aufmerksam an, als der Reporter vom Rundfunk danach fragt, verwundert, ungläubig, daß sie selbst gemeint sind und nicht irgendwelche bedauernswerten armen Menschen von irgendwoher. – Ja, gewiß doch, ein Auto hatten sie wohl damals noch nicht, wie die jungen Leute von heute. Aber sonst – ? Und dann fällt einem von ihnen gleich wieder ein Döntje ein, und wieder wird, wie so oft an diesem gemütlichen Nachmittag bei Kaffee und Butterkuchen und Mühlenkorn, lange und herzlich gelacht.

Kein Zeitalter vergeht, ohne seine Spuren zu hinterlassen. Wer aufmerksam durchs Teufelsmoor wandert, entdeckt noch so manches: Es gibt sie immer noch, die alten Schiffgräben zwischen tiefliegenden, abgetorften Weiden mit stehengebliebenen Resten von Torfbänken. Nach wie vor dienen die Gräben der Entwässerung und werden deshalb Jahr für Jahr instandgehalten. Aber bei dem geringen Wasserstand wirken sie so schmal, so absolut bedeutungslos, daß man sich unwillkürlich fragt, ob darauf tatsächlich Torfschiffe verkehren konnten. Daß diese Schiffgräben für viele Jahrzehnte die einzigen Verkehrswege im weitläufigen Teufelsmoor waren, vermag man sich kaum noch vorzustellen, während man auf der asphaltierten Straße nebenher in seinem Auto weiterfährt. Natürlich gibt es noch die ausgefahrenen Sandwege in die Moorwiesen hinein, Heidekraut an den Rändern und weiße Moorbirken zu beiden Seiten, ein altes Wehr, die Reste von Schütten und Klappstauen, den flachen Steg über die Schmoo, breit und stark genug, daß Kühe hinübergehen können; deftige Eichenbohlen überdauern wohl Jahrhunderte; das alte Gehöft auf seiner Sandschüttung mitten im Wiesenland, das rote Dach versteckt hinter dem Windschutz aus Mooreichen und Birken und niedrigem Gesträuch . . .

Ein typisches Bild aus dem Teufelsmoor zu einer Zeit, als das Torfschiff noch das Hauptverkehrsmittel war.

Im Rahmen der kurhannoverschen Moorkolonisation wurden folgende Moordörfer gegründet:

Gründungsjahr	Dorfname	Größe in Hektar	Zahl der Hofstellen	Einwohner
1720–1766	Seebergen	391	30	182
	Heidberg	571	37	244
	Ueberhamm	524	34	211
1720–1788	Weyerdeelen	209	12	72
	Weyermoor	97	10	48
	Altendamm	313	14	93
	Neuendamm	159	20	139
	Spreddig	237	34	181
	Hüttenb. u. Vieh	578	46	298
1753	Neu-St.-Jürgen	824	66	416
1753–1780	Eikedorf	530	49	328
1759	Heudorf	553	40	273
1760	Altenbrück	73	10	53
1761	Ströhe	202	33	171
	Ostersode	351	26	167
1762	Rautendorf	682	93	545
	Schmalenbeck	539	39	293
1763	Wörpedorf	947	77	587
	Lüningsee	30	9	57
1764	Lüninghausen	160	30	171
	Nordwede	96	13	77
	Südwede	94	17	118
	Westerwede	147	34	219
	Worphausen	401	31	190
1766	Wörpedahl	37	8	50
1769	Bergedorf	373	67	407
1772	Worpheim	168	15	103
1775	Fahrendorf	726	43	342
1776	Hüttendorf	320	29	193
1778	Mooringen	117	27	167
	Moorende	227	37	226
1780	Sandhausen	88	23	129
1781	Dannenberg	211	33	218
	Findorf*)	311	30	243
	Kohlheim	224	18	155
1782	Mevenstedt	162	23	146
	Tüschendorf	336	46	328
	Dahldorf	164	17	129
	Fahrendahl	185	15	121
1783	Fünfhausen	44	7	40
1784	Grasdorf	197	37	221
	Friedrichsdorf	370	27	164
	Barkhausen	345	23	169
1785	Meinershausen	247	29	210
	Geestdorf	162	24	241
1788	Neuenfelde	67	8	38
1789	Winkelmoor	111	16	101
	Huxfeld	312	32	232
	Nordsode	175	13	93
1790	Seehausen	296	38	291
1792	Mittelsmoor	125	18	119
1794	Otterstein	351	61	382
1795	Klostermoor	62	31	172
1800	Adolfsdorf	467	74	504
	Schlußdorf	327	42	304
1805	Schrötersdorf**)	25	12	83
1806	Grasberg	64	25	164
1808	Neu-Mooringen	51	22	143
	Langenhausen	616	47	324
	Neu-Barkhausen		(Barkhausen beigelegt)	
1824	Meinershagen	138	24	164
	Klenkendorf	558	47	312
1826	Weinkaufsmoor	63	16	107
1827	Friedensheim	62	33	213
1828	Augustendorf	688	51	347
1832	Giehlermoor	241	25	163
1844	Ahrensdorf	87	10	73
1849	Bornreihe	151	36	225
1850	Neu-Kuhstedtermoor	392	34	226

*) zu Ehren
des Moorkomissars
Jürgen Christian Findorff
benannt

**) zu Ehren des
als Astronomen
bekannten Amtmanns
Schröter zu Lilienthal
benannt.

entnommen aus:
Festschrift zur
50jährigen Jubelfeier des
Provinzial-
Landwirtschafts-Vereines
zu Bremervörde, Stade 1885.
(Einige Jahreszahlen
differieren mit
Angaben a. O.)

Die letzten Abnehmer von Torf waren Bäckereien in Bremen, die ihre Öfen der geringeren Hitze wegen vielfach noch mit Torf beheizten, als sich in den Haushalten schon Braun- und Steinkohle durchgesetzt hatten.

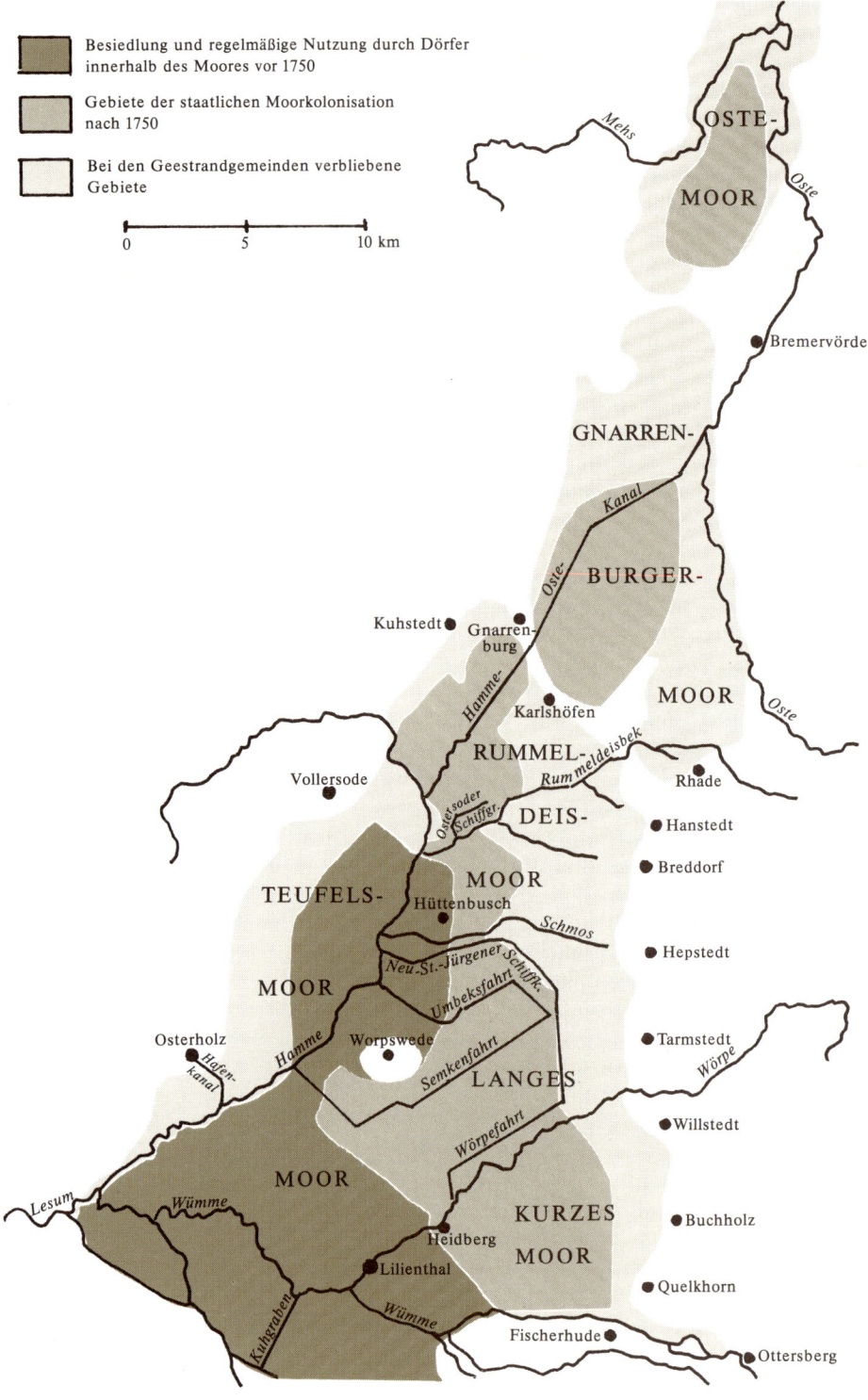

Besiedlung und regelmäßige Nutzung durch Dörfer innerhalb des Moores vor 1750

Gebiete der staatlichen Moorkolonisation nach 1750

Bei den Geestrandgemeinden verbliebene Gebiete

0 — 5 — 10 km

Die Kartenskizze verdeutlicht, daß nur ein kleiner Teil des Teufelsmoores durch Kurhannover für die Besiedlung erschlossen wurde. Ein ebenso großes Gebiet wurde den Geestrandbauern zur Nutzung überlassen, da die Rentkammer gerichtliche Auseinandersetzungen vermeiden wollte.
Vor allem weite Flächen des Graslandes in den Flußniederungen blieben im Besitz alteingesessener Bauern.
Das erschwerte den Anfang für die Neusiedler wesentlich.
(nach: Müller-Scheeßel, K., Jürgen Christian Findorff und die kurhannoversche Moorkolonisation im 18. Jahrhundert, Hildesheim 1975)

Fünf Hochmoore werden
DAS TEUFELSMOOR

Ein brennbarer Stoff

Moore entstehen durch absterbende, kohlenstoffreiche Pflanzen, deren Reste unter Luftabschluß nicht verwesen können, sondern sich langsam zersetzen. Diese Zersetzung ist ein chemischer Vorgang; was dabei entsteht, ist ein brennbarer Stoff – der Torf. Je nach Art der sich zersetzenden Pflanzenreste bilden sich unterschiedliche Torfschichten; sie werden entsprechend benannt: *Schilftorf, Föhren- und Birkenwaldtorf, Wollgrastorf, Moostorf* (Sphagnum-Torf). Unter dafür günstigen Bedingungen wächst eine Torfschicht pro Jahr etwa 1 Millimeter. Im Teufelsmoor wurden Torfbänke von mehr als 10 Meter Mächtigkeit gemessen – ein Torfmoor braucht zu seinem Wachstum Jahrtausende.

Moore bilden sich in stehenden oder nur langsam fließenden Gewässern, in kühlem, dazu bevorzugt regenreichem Klima. Nordwestdeutschland ist von daher für die Moorbildung besonders begünstigt. Allein im Regierungsbezirk Stade wurden noch im 19. Jahrhundert 180 000 Hektar Hochmoor vermessen; die größten Flächen lagen in der Hamme-Oste-Niederung.

Wir unterscheiden *Niederungs- oder Flachmoore, Übergangsmoore* und *Hochmoore.* Hochmoore waren für die Torfgewinnung von ausschlaggebender Bedeutung. So etwa sind sie im Teufelsmoor entstanden:

Faulschlamm und Modder

Vor 12 000 Jahren war die heutige Hamme-Oste-Niederung noch ein Urstromtal, durch das in ganzer Breite die Schmelzwasser abtauender Gletscher ins Meer hinaus flossen. Als sich der Zustrom verringerte, das Fließen beruhigte, verschlickte und versandete, bis auf die Flußläufe, die weite Senke zwischen dem Osterholzer Geestrücken im Westen, dem Tarmstedter Geesthang im Osten und dem mächtigen Dünengürtel parallel zur Wümme im Süden.

Zwischen Sandschwellen stehengebliebene Gewässer, kleine und größere Binnenseen, fingen an zu »verlanden«: Absterbende Pflanzen und die Schalen kleiner Muscheltiere lagerten sich auf dem Seegrund ab, verwesten und bildeten einen nährstoff- und kalkreichen Faulschlamm – Nährboden für vom Ufer her in den See hineinwachsende Sumpfpflanzen, insbesondere Schilf. Die Reste absterbender Pflanzen vertorften auf dem Faulschlamm. Diese erste, ständig weiterwachsende Torfschicht, der *Muddetorf*, noch breiig weich, verdrängte das Wasser aus dem See fast vollständig; es bildete sich ein unwegsamer Sumpf, in dem sich besonders durstige Pflanzen wie die Schwarzerle bevorzugt ansiedelten. Aus dem verlandenden Gewässer war ein *Niederungsmoor* geworden. Weite Gebiete der großen Senke des früheren Urstromtals waren mit üppigem Erlenwald bedeckt.

Eine typische Pflanze des Hochmoores ist der stark aromatisch riechende Gagelstrauch – auch Porst genannt –, der bis zu 2 m hoch wird. Er ist heute in seinem Bestand gefährdet. Das Bild zeigt die Blüte des Strauchs.

Aus dem Sumpf wird Wiesenland

Aber die weiter fortschreitende Vertorfung erschwerte den Erlen das Wachstum; ihre Wurzeln erreichten das Grundwasser nicht mehr; sie starben ab. Aus diesen Pflanzenresten bildete sich eine neue, deutlich festere, etwas bröcklige Torfschicht, der Bruchwald- oder Flachmoortorf. Auf dieser gleichfalls sehr fruchtbaren Torfdecke konnten zahlreiche Gräser anwachsen; wo vorher Erlenbruchwald war, breiteten sich jetzt, vor allem entlang der Hamme und Wümme, Grasflächen aus. An austrocknenden Stellen kamen später Birken und Kiefern hinzu. – Das Niederungs- oder Flachmoor hatte sich in ein *Übergangsmoor* verwandelt.

Die Moorlilie oder Ährenlilie findet sich besonders in Heidemooren und blüht im Juli und August. Durch die Vernichtung der Moore ist auch ihr Bestand stark gefährdet.

Bleichmoose bauen das Hochmoor auf

Bodenbeschaffenheit, örtliche Lage des Moores und die Wasserverhältnisse waren bestimmend, wenn sich ein Niederungs- oder Flachmoor auch noch zum *Hochmoor* fortentwickelte. Diesen Vorgang bewirkte das Torfmoos (Sphagnum). Sphagnen, auch »Bleichmoose« genannt, gedeihen dort, wo der Moorboden für andere, höherstehende Pflanzen zu nährstoffarm geworden ist. Sie stellen an den Boden überhaupt keine Anforderungen, denn sie haben keine Wurzeln. Was sie brauchen, ist Licht, Luft und vor allem Wasser. Und Wasser bekommen sie nur durch Niederschläge; Sphagnen wachsen nur in gleichmäßig niederschlagsreichen Gebieten. Die Feuchtigkeit speichert das Moos in sogenannten »Wasserzellen«. Es wächst sehr rasch, bildet schnell große Polster, die sich wie dicke Schwämme voll Wasser saugen und es allmählich an die Umgebung abgeben. Torfmoos breitet sich über große Flächen aus, wobei es einzeln stehengebliebene Bäume umschlingt, erstickt und zum Abfaulen bringt. Die Baumstümpfe werden vom dichtverfilzten Moosteppich überwuchert und damit dem Moor einverleibt. Denn die an den Spitzen ständig fortwachsenden Pflanzen sterben in ihren unteren Teilen ab und vertorfen in dem mit Regenwasser durchtränkten Boden.

Daß sich der Moosteppich zuerst in der Mitte eines Niederungsmoores entwickelt, sich von dort zu den Rändern hin ausbreitet, das hat Bedeutung für das Wachstum des Moores: die aus Sphagnum-Torf aufgebauten Hochmoore sind uhrglasförmig gewölbt, in der Mitte 6 bis 8 Meter höher als an den Rändern. Und der Prozeß hört dort nicht auf; die Torfmoose überwuchern auch Sandrücken am Rande des alten Flachmoores, bedecken sie mit neuen Torfschichten; ein ungestört wachsendes Hochmoor vergrößert sich ständig.

Durch das Wachsen des Torfmooses wird Millimeter für Millimeter das Hochmoor aufgebaut. Das Moos benötigt lediglich Licht, Luft und Regenwasser. Es kann sich wie ein Schwamm vollsaugen und so auch kürzere Trockenzeiten überstehen.

Buchweizenfeld im Moor.
Gerichte aus Buchweizenmehl oder Grütze standen fast täglich auf der Speisekarte der Moorbauern. Buchweizen wird kaum noch in Europa angebaut, sondern heute aus Amerika eingeführt.

Da wächst kein Baum, da blüht kein Strauch

Das Landschaftsbild eines Hochmoores ist erschreckend karg: eine absolut kahle, hochgewölbte Fläche, auf der kein Baum und kein Strauch wächst. Der Reiseschriftsteller Johann Georg Kohl hat das um 1860 in seinen »Nordwestdeutschen Skizzen« sehr eindrucksvoll geschildert:

Es war das sogenannte »Wallhöfer Moor«, dessen wüstes Plateau sich drei Stunden weit vor uns ausdehnte. Obgleich wir uns mitten in der schönsten Jahreszeit befanden, in welcher Alles umher, was nicht Moor war, grünte und blühte und in der alle Gebüsche der Haide vom Gesange der Vögel erklangen, so war doch auf diesem Moor-Plateau Alles todt und öde, wie im tieffsten Winter. Vögel gab es da nicht, weil kein Gebüsch und keine Gelegenheit zum Nesterbau vorhanden ist. Keine Lerche jubelte in den Lüften. Kein Fisch bewegte sich in den im Moraste gebannten Gewässern. Selbst Fuchs und Hase können in diesem Sumpfe nicht wohnen und leben. Obgleich die Sonne lieblich strahlte, wanderten wir auf tiefen, glitscherigen Morastwegen wie im trüben November. Die Oberfläche war überall mit verschiedenen Sorten schmieriger und schwammiger Moose bewachsen. Wir konnten uns einbilden, es wäre ein riesiger, verfaulter, auf der Erde hingestreckter Baumstamm, auf dessen abgestorbener Rinde wir wie kleine Käfer kröchen . . .

Aber das niederdrückende Bild einer Hochmoorlandschaft ist nicht unveränderlich. Das Wuchern der Sphagnum-Teppiche hört auf, sobald eine Störung in der Wasserversorgung eintritt. Das Klima kann sich verändern. Es genügt aber auch, daß der Mensch Entwässerungsgräben durchs Moor zieht. Dann trocknen die Moose aus und verschwinden. Und damit ändert sich auch der bisher so düstere Charakter des Hochmoores: Heide siedelt sich an, die Krähenbeere, der Gagelstrauch, langstielige Gräser; schließlich Birken und Kiefern. Torfmoos und Wollgras finden sich nur noch an feuchten Stellen, vor allem in stehengebliebenen oder von Torfgräbern neu geschaffenen Tümpeln. – Insgesamt ein deutlich freundlicheres Hochmoor, ein Anblick, wie wir ihn heute vor Augen haben, wenn von Moor und Heide die Rede ist.

Das Ursprungsland des Buchweizens ist Zentralasien, er findet sich heute aber vereinzelt in ganz Europa. Da er kalkarmen Boden liebt, war er eine ideale Pflanze für den sauren Moorboden. Andererseits ist die Pflanze sehr frostempfindlich, was häufig zu Mißernten im Teufelsmoor führte, denn bis in den Juni können in diesem Gebiet Nachtfröste auftreten.

Pflanzen und Tiere im Moor

Das unberührt lebende Moor war für den Menschen taub, unwegsam und unheimlich. Dagegen bot es einer heute bedrohten Pflanzen- und Tierwelt reichlichen Lebensraum.
Zwischen den Moosen gedeihen einige der typischen Moorpflanzen höherer Art. Am bekanntesten dürften das schmalblättrige und das scheidige, in »Bulten« wachsende Wollgras sein mit den auffallend weißen, wolligen Flughaarbüscheln. Gleichfalls im nassen Moor, vornehmlich an Rändern stehengebliebener Kolke, wächst die seltener werdende Rosmarinheide, insbesondere als Schmarotzerpflanze auf Wollgrasbulten, die sie völlig überwuchert.
Erst auf dem abgetrockneten Hochmoorboden siedeln sich Heidepflanzen (Besen- und Glockenheide) und in großer Zahl Birken an.
Als Besonderheit gilt der »fleischfressende« Sonnentau, der an ungestörten Plätzen am Rande von Moortümpeln mit seinen Blattrosetten ganze Teppiche ausbildet. Aus den mit seinen klebrigen Schleimtropfen gefangenen Insekten holt er sich Nährstoffe, die ihm der Boden nicht geben kann.
Eine typische Hochmoorpflanze ist auch der Gagelstrauch, im Teufelsmoor »Porst« genannt, der im Vorfrühling einen weihrauchähnlichen Duft verbreitet und früher auch als Bierwürze verwendet wurde. Im sich entwickelnden Niedermoor war das Schilf die häufigste Pflanze.
Vom Aussterben bedroht ist heute das früher überall im Moor anzutreffende Birkhuhn. Auch der Kiebitz ist abhängig von feuchten Randwiesen; wo sie trockengelegt werden, muß er wie der Moorfrosch, der zur Vermehrung das saure Moorwasser braucht, verschwinden.
Außer Eidechsen und Blindschleichen sind im Moor auch die Schlingnatter, die bekannte Ringelnatter und die Kreuzotter verschiedener Färbung heimisch.

Aus fünf Mooren wird das Teufelsmoor

In der Hamme-Oste-Niederung, einem Dreieck mit den Eckpunkten Bremervörde, Ritterhude und Fischerhude, haben wir es mit fünf einzelnen Mooren zu tun. Sie liegen zwar nah beieinander, sind aber durch breite Sandschwellen und durch Flußläufe voneinander getrennt.
»Teufelsmoor« ist natürlich weder das Werk noch ein Wohnsitz des Herrn mit dem Hinkefuß, wie man früher den Namen wohl verstehen wollte. Das falsch ins Hochdeutsche gebrachte »Dovelsmoor« oder »Davelsmoor« bezeichnete ein taubes (unfruchtbares) und unwegsames Land.
Erst im vorigen Jahrhundert wurde der Name »Teufelsmoor« auf das gesamte Gebiet der fünf Moore in der Hamme-Oste-Niederung ausgedehnt, ihrer Zusammengehörigkeit und ihres einheitlichen Charakters wegen. – Aber »teuflisch« waren diese Moore ganz sicher auch – für den einen, der sich bei Nacht hineinverirrte, für den anderen, der sich dazu verleiten ließ, auf diesem tauben Land seine Hütte aufzuschlagen.

Der langblättrige Sonnentau gehört zu den geschützten Pflanzen, da sein Bestand stark gefährdet ist. Mit den Blättern fängt er sich kleine Insekten, um Nährstoffe zu erhalten, die der Boden nicht hergibt.

Moore müssen erhalten und regeneriert werden

Von dem einst riesigen Moorgebiet »Teufelsmoor« ist kaum etwas in seinem ursprünglichen Zustand erhalten geblieben. Einzelne kleine Moorreste stehen heute unter Naturschutz; hier konnte wenigstens zum Teil die Vernichtung der Pflanzenwelt aufgehalten werden.

Eindringlicher werden in der Öffentlichkeit Forderungen nach Erhaltung und Erweiterung von Feuchtgebieten, zum Schutz der sonst vom Aussterben bedrohten Pflanzen und Tiere dieses Biotops.*) Die Landesregierungen und der Bund haben zwar entsprechende Maßnahmen angekündigt – Niedersachsen stellte das »Moorschutzprogramm 81« auf – aber die unbedingt erforderlichen Geldmittel stehen immer noch nicht zur Verfügung.

Unter anderem ist geplant, das große Tarmstedter Moor zu regenerieren. Die Bedingungen dafür sind hier günstig; nur dem engagierten Einsatz Einzelner oder kleiner Gruppen ist es bisher zu verdanken, daß hier wie andernorts Moorteile vor der völligen Zerstörung bewahrt blieben.

*Insbesondere geht es in den nordwestdeutschen Mooren darum, den industriellen Torfabbau einzuschränken bzw. ganz einzustellen.

Thesen zum Schutz von Moor-Resten von Hajo Hayen

Im nördlichen Niedersachsen waren weite Hochmoore ein wesentlicher Bestandteil der Landschaft. Ihre Wirkungen sind aus ihr und der kulturellen Entwicklung nicht wegzudenken.

Der gering gewordene Restbestand zwingt zum Schutz aller noch einigermaßen unverändert gebliebenen Restflächen. Zusätzlich müssen Moorbildungsvorgänge regeneriert oder neu geschaffen werden.

Die rapide Abnahme und Veränderung der Reste macht alle Maßnahmen des Schutzes und ihrer rechtzeitigen Untersuchung eilbedürftig. Es darf keine Zeit mehr verloren werden.

Die endgültige Verwendung der verbliebenen Moorreste muß verbindlich festgelegt werden. Diese Regelung darf nicht durch neue oder alte Rechte unterlaufen werden.

Schutzgebiete erfordern eine termingebundene Inspektion, ständige Aufsicht und Pflege.

Moorschutz umfaßt die Erhaltung der Flora und Fauna auf der lebenden Oberfläche, die Bewahrung möglichst vollständiger Ablagerungen, die Sicherheit der Funktion des Untergrundes und ganzer Wirkungskomplexe. Dazu kommt der Schutz landeskundlicher und archäologischer Inhalte sowie bestimmter anthropogen veränderter Moorteile.

Im Mai und Juni sind überall im Moor die Wollgräser mit ihren weißen Samenhaaren zu sehen. Nicht die Blüte, sondern die Frucht macht die Pflanze so auffällig.

Im Frühjahr findet auf einem freien Platz im Moor frühmorgens das Balzen der Birkhähne statt. Diese Tiere sind im Teufelsmoor fast ausgestorben.

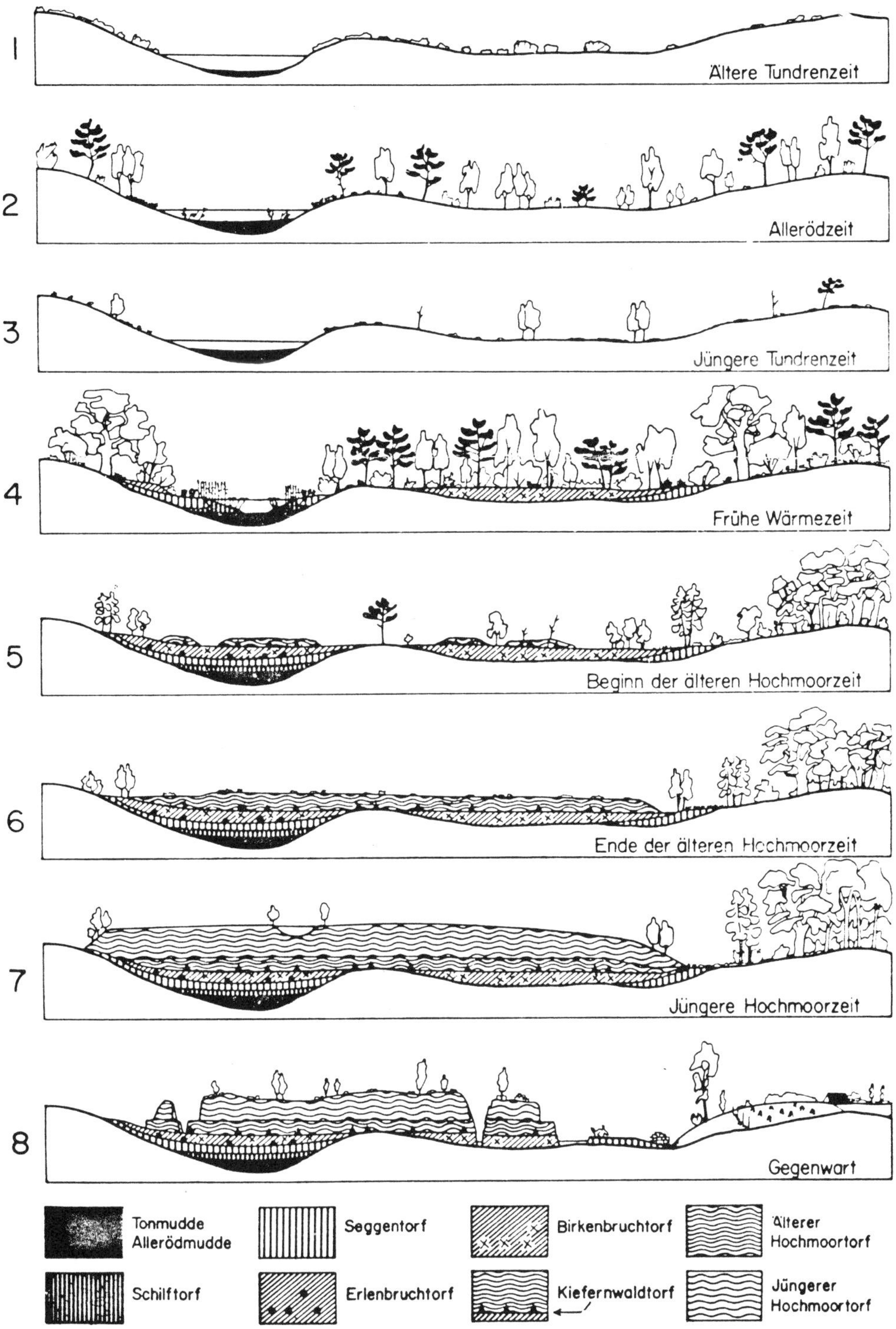
1
Ältere Tundrenzeit
2
Allerödzeit
3
Jüngere Tundrenzeit
4
Frühe Wärmezeit
5
Beginn der älteren Hochmoorzeit
6
Ende der älteren Hochmoorzeit
7
Jüngere Hochmoorzeit
8
Gegenwart
Tonmudde Allerödmudde
Seggentorf
Birkenbruchtorf
Älterer Hochmoortorf
Schilftorf
Erlenbruchtorf
Kiefernwaldtorf
Jüngerer Hochmoortorf

Entwicklung eines Hochmoores.
Aus: R. Pohl-Weber: Das Moor – Seine Nutzung einst und jetzt, Bremen 1977.

Bild 1 – 3: Die ersten Ablagerungen in stehengebliebenen Gewässern sind nährstoffreiche »Mudde«; – Anfang der Verlandung. Veränderung des Klimas hat starken Einfluß auf die Flora.
Erstes Wachstum von Wasserpflanzen geht in der »2. Kälteperiode« wieder zurück; es bildet sich »Muddetorf«.

Bild 4: Schilfgürtel rund um das stehende Gewässer dringen auf der Muddeschicht ins tiefere Wasser vor. Die Pflanzenreste werden zu »Schilftorf«, der an den Rändern von »Seggetorf« (aus scharfkantigen, zumeist sauren Gräsern) überlagert wird. In dieser »Wärmezeit« entwickelt sich sowohl im sumpfigen Ufergelände als auch auf den höher gelegenen Flächen üppige Vegetation: zur Birke kommt vor allem die Erle (Erlenbruchwälder); es folgen Kiefer und Eiche. »Erlenbruchtorf«, »Birkenbruchtorf« und »Kiefernwaldtorf« sind die neuen Torfschichten.

Bild 5: Pflanzen höherer Ordnung (hier vor allem die Erle) sterben ab, sobald ihre Wurzeln die wasserführenden Schichten in der Tiefe nicht mehr erreichen können. Das stehende Gewässer, jetzt vollständig verlandet, ist zu einem »Niederungsmoor« geworden, auf dem sich, von der Mitte ausgehend, deutliche Aufwölbungen zeigen.
Sie werden von Torfmoosen (Sphagnen) hervorgerufen, die jetzt das Niederungsmoor zum Hochmoor auftreiben.

Bild 6 und 7: Das Hochmoor wächst ständig; dank der stark wuchernden, wurzellosen Torfmoose breitet es sich nach den Seiten hin aus und überzieht dabei auch sandige Flächen. Einzeln stehende Bäume und kleine Baumgruppen werden umschlossen, erstickt und sterben ab. Sie vertorfen gleichfalls; die Torfschichten sind deshalb (Bild 6) noch aus verschiedenen Arten gemischt. Erst (Jahrtausende!) später bildet sich von Beimischungen freier »Hochmoortorf« (Bild 7). Nur an Moortümpeln können sich außer Moosen und Wollgras auch Laubbäume (Erlen, Birken) ansiedeln.

Bild 8: Durch Eingriffe in den Wasserhaushalt (Klimaveränderung oder – wie hier – Entwässerung und Abgraben der Torfschichten) hört das Wachstum der Torfmoose und damit des Hochmoores auf.
Auf der rasch austrocknenden Oberfläche bildet sich eine dünne Humusschicht, die außer Gräsern (»Pfeifengras«), Büschen (Gagelstrauch) und Moorheide auch Laubbäumen (Moorbirken) Lebensmöglichkeit bietet. – Auf dem »abgestorbenen« Hochmoor entwickelt sich eine Moor-Heidelandschaft, die den früheren, grausig wirkenden Anblick einer öden Hochmoorfläche völlig vergessen läßt.

Moorfunde

Früher waren die Moore für den Menschen schwer zu überwindende Verkehrshindernisse. In vielen norddeutschen Mooren sind Überreste von Pfahl- und Bohlenwegen freigelegt worden (bisher ca. 25 Moorwege). Teilweise konnten sie sogar befahren werden. Erstaunlich ist die Vielfalt der technischen Lösungen.

Pfahlweg im Ipweger Moor.
Erbaut ca. 3000 Jahre v. Chr.

Moorleiche. Gesicht eines Mannes, der zu Beginn unserer
Zeitrechnung erdrosselt wurde. Fundort: in einem dänischen Moor.
Alle Körperteile blieben vollständig erhalten; im Magen konnte
noch die letzte Mahlzeit analysiert werden.

Wegen ihrer Fähigkeit, organische Stoffe zu konservieren, sind die Moore für die Wissenschaft von besonderer Bedeutung. Pflanzen, Tiere und Menschen bleiben über Jahrtausende in erstaunlich gutem Zustand erhalten. Das trifft vor allem für die sauren Hochmoortorfe zu; die nährstoffreichen Niedermoortorfe konservieren weniger gut.

Für die geologische und archäologische Forschung ist die »Schichttreue« des Moores von Wichtigkeit. Die einzelnen Schichten lassen zuverlässige Rückschlüsse auf das Klima, die Flora und Fauna und damit die Lebensbedingungen in zeitlich recht genau bestimmbaren Zeiträumen zu.

Alle spektakulären Funde im Moor waren stets Zeugnisse der Auseinandersetzung des Menschen mit dem Moor. Als Brennstoff hatte der Mensch sich den Torf schon früh nutzbar gemacht; das beweisen die im Moor aufgefundenen hölzernen Torfspaten.

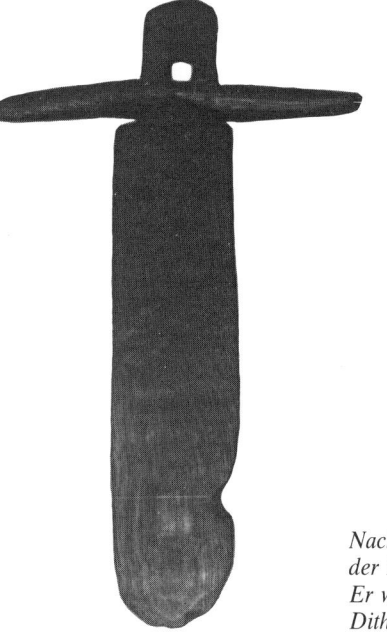

Nachbildung eines Torfspatens aus
der Eisenzeit (500 – 0 v. u. Z.)
Er wurde 1881 in einem
Dithmarschener Moor gefunden

Das schwimmende Land von Waakhausen

Eine der merkwürdigsten Erscheinungen im Teufelsmoor war das »schwimmende Land von Waakhausen«. Berichte darüber erschienen 1861 sogar in der weitverbreiteten Illustrierten »Die Gartenlaube«. Auch der Bremer Reiseschriftsteller Johann Georg Kohl schreibt in seinen weit bekannt gewordenen »Nordwestdeutschen Skizzen« 1864 über das schwimmende Land.

Bald danach tauchen etliche unglaubliche Geschichten auch in anderen Publikationen auf, die sogar von schwimmenden Häusern, Scheunen und Backöfen berichten. »Als Jan von Moor eines Morgens aus dem Fenster guckte, mußte er feststellen, daß über Nacht sein Bauernhaus an eine ganz andere Stelle des Moores getrieben war . . .«

Von tatsächlich wegschwimmenden Landstücken berichtet auch Jürgen Christian Findorff:

Es hat dies Mohr aber auch die böse Eigenschaft, daß es wegen seiner Leichtigkeit bei hohem Waßer auftreibt und in ganz großen Stücken, ja den ganzen Feldern mit Bäumen und Buschwerk davonschwimmt, wofern der Eigenthümer solcher Länderey nicht die Vorsichtigkeit hat, in Zeiten vorzubauen. Diese Vorbauung geschieht am sichersten, wann längst denen Gräben, womit die Stücke insgemein umschossen sind und aus

welchen das Waßer unter dem Mohr einzudringen pfleget, in den Ufern und auch wohl in der Mitte solcher Felder, Holzkämpe oder was es seyn mag hin und wieder 9, 10 bis 12füßige Pfähle von mäßiger Dicke eingeschlagen werden. Da die Rinde, welche auftreibet, nicht leicht über 5-6 Fuß dick ist, so ist dieses Festnageln, wie es in der hiesigen Sprache heißt, das beste Mittel, solche Ländereyen auf ihrer Stelle zu erhalten. Im Jahre 1761 habe ich zu Weiherdamm ohnweit Osterholz ein Stück Mohr von etwas über einen halben Morgen groß und worauf, an die 50 der schönsten Eichen von einem Fuß im Durchschnitt und über 40 Fuß lang mit vielem Unterbusch stunden, wegtreiben sehen. Man versuchte, die Bäume aneinander zu kuppeln und das ganze Stück wiederum auf seinen vorigen Ort zu ziehen. Das Vorhaben aber gelang nur halb, weil zu wenig Menschen dabey zu Hülfe waren und das Wasser dabey ins Fallen kam. Das Stück senkte sich, und riß in der Mitte ab und ward also nur die Hälfte davon an seinen vorigen Platz gebracht, mit Pfählen festgenagelt, wo es noch diese Stunde lieget. Dergleichen ähnliche Geschichten giebet es mehr und ich glaube sie alle, wann von denen mit Holz und Busch bewachsenen Möhren die Rede ist, aber wenn man Stücke mit ganzen Häusern, Scheuern und Backöfen mit dem Mohre fortschwimmen läßt, so muß ich meynen Beifall versagen und erröthe über die Dreistigkeit derer, die es für gewiß erzählen und zu behaupten suchen, ob sie es gleich nie gesehen haben, noch die Beschaffenheit des Mohres so wenig kennen.

Vor dem Bau der Schleuse in Ritterhude wurden in den Herbst- und Wintermonaten weite Flächen überschwemmt. Waakhausen wurde dann zu einem riesigen See, aus dem nur die Warften mit ihren Bauernhäusern herausragten.

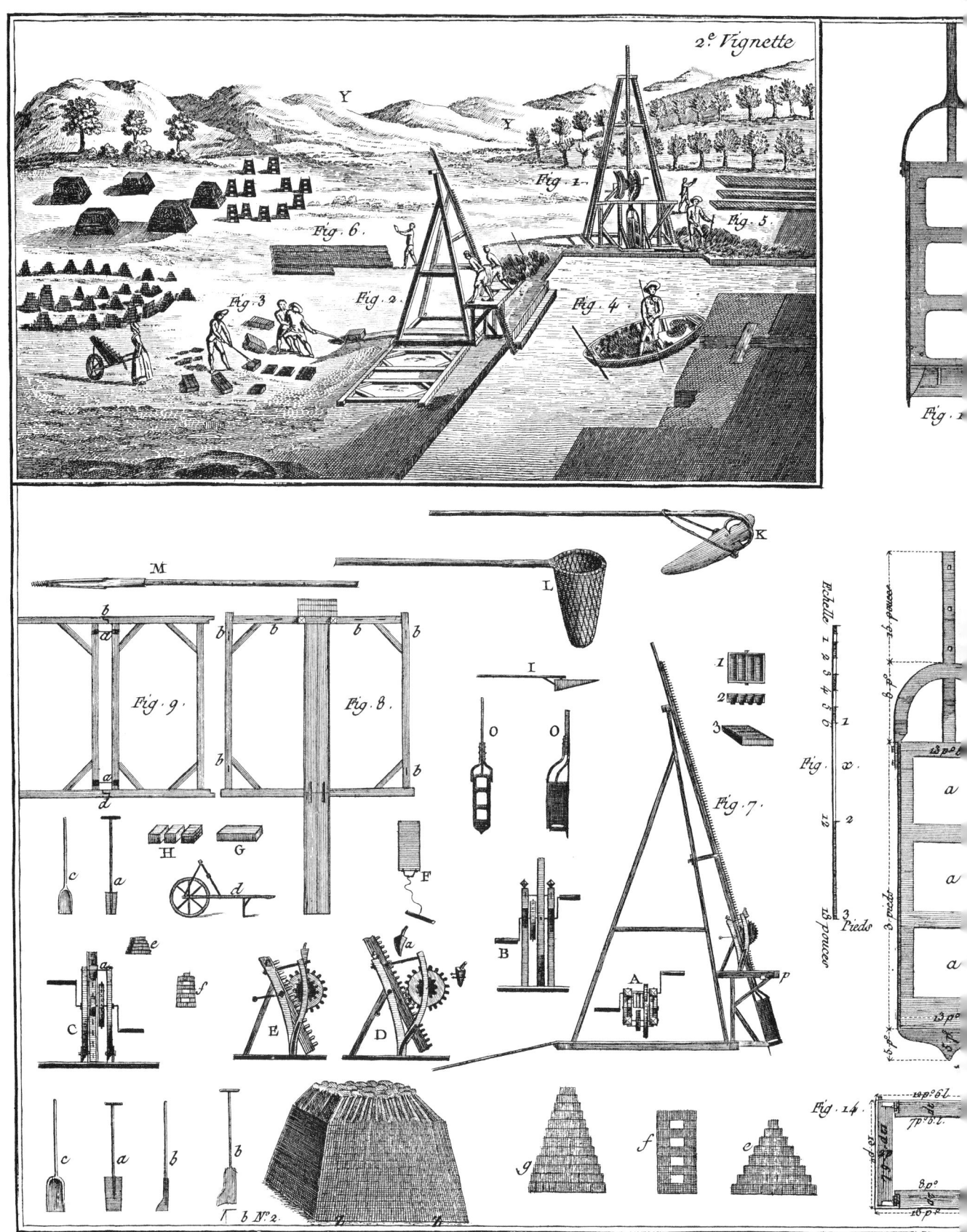

Tourbier, Attelier du Tourbage, Machine à tourber, ses dévelo

Darstellung des Torfstechens und der Arbeitsgeräte zur Moorbearbeitung. Der Druck ist um 1800 in Paris erschienen und faßt das technische Wissen der Zeit über den Torfabbau zusammen.

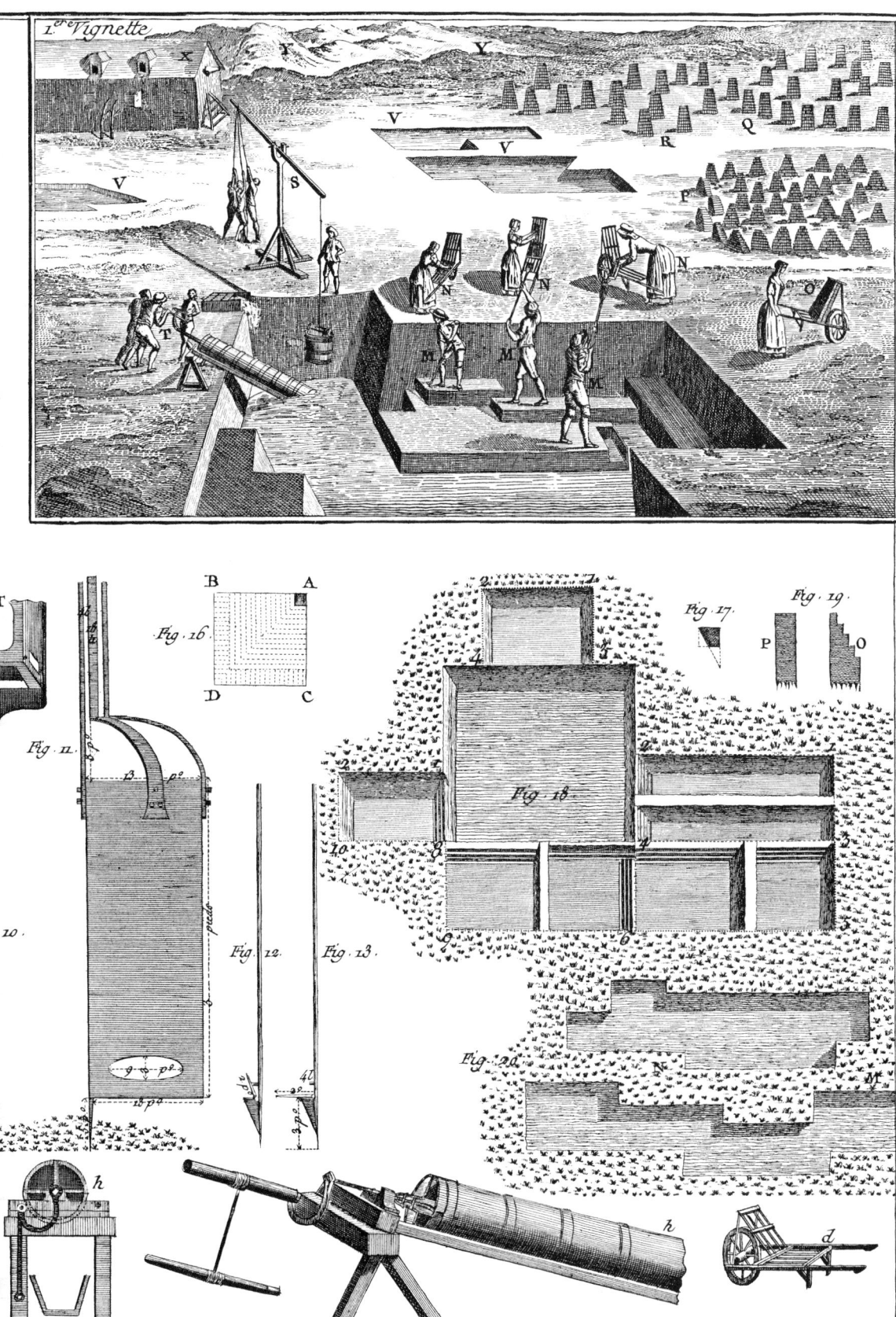

1.er Vignette

Fig. 11. Fig. 12. Fig. 13. Fig. 16. Fig. 17. Fig. 18. Fig. 19. Fig. 20.

Benard direxit

ns et ceux de la Boite; Plan d'un Terrein à Tourber et Outils.

Stichtorf

Im April oder Mai begann die schwere Arbeit der Torfherstellung. Die Art der Torfgewinnung richtete sich nach der Beschaffenheit des Moores. Im Gegensatz zum Backtorf wurde der Stichtorf in schon fertigen »Soden« aus der Torfbank herausgestochen. Zuerst entfernte man die oberste lose Schicht unter der Grasdecke (»Weißer Streutorf«). In großen Soden wurde die zweite Schicht (»Brauner Bäckertorf«) herausgestochen, mit der Setzforke auf die Torfkarre – in späterer Zeit auf Feldbahnloren – gepackt und zum Trockenplatz gebracht. Hier wurden die frischen Soden in Reihen dicht nebeneinander gesetzt. Torfmesser und Torfspaten waren die wichtigsten Werkzeuge für den Stichtorf.

Je nach Wetterbedingungen blieben die Torfsoden eine, oft mehrere Wochen in Reihen liegen; dann wurde der Torf »geringelt«, in kleinen Haufen luftig (wie Ziegelsteine) zum Durchtrocknen aufgesetzt. Das »Ringeln« mußten meistens Frauen und Kinder übernehmen. Erst im Spätsommer wurden die inzwischen stark eingeschrumpften Soden zu großen »Mieten« aufgeschichtet, an denen das Regenwasser glatt herunterlief. Nach Möglichkeit wurde der trockene Torf im Herbst mit Torfkörben in den Torfschuppen gebracht und dort für den Eigenbedarf oder bis zum Verkauf gelagert.

Häufig kam es vor, daß der Torf mit Körben zum Schiff gebracht werden mußte.

Lag die Torfkuhle weit vom Hof entfernt, zog die Familie schon bei Sonnenaufgang ins Torfmoor. Im Gepäck waren Brot, Buttermilch, Speck, Buchweizenpfannkuchen und Roggenkaffee. Erst spät abends kehrte man wieder heim.

Wenn Torf gestochen wurde, war die ganze Familie draußen auf dem Moor. Die Frau hatte nicht nur die Kinder zu betreuen, sie mußte auch das Essen zubereiten und vor allem mitarbeiten. Den Torf auszubreiten und umzusetzen, war insbesondere ihre Aufgabe.

Torfschuppen. – Größere Mengen Torf im Wohnhaus zu lagern, war wegen der Brandgefahr zu riskant. Deswegen bauten die Moorbauern einen entsprechenden Schuppen.

Beim Schneiden des Backtorfs.

Geräte zum Torfstich und zur Backtorfbereitung aus dem Bremervörder Heimatmuseum.

Backtorf

Wohl nirgends in der Welt gibt es so viele Bäckersleute wie im Teufelsmoor. Aber süße Leckereien, die den Kindern so gut schmecken, backen sie nicht. Die harten, schwarzen Kuchen, die sie backen, können nur die unersättlichen, rußigen Gesellen vertragen, mit denen wir im Winter gern Freundschaft halten.

Wenn Ostern vorüber ist, machen sich unsere Torfbäcker ans Werk, und nun folgen lange und saure Arbeitstage. Der rüstigste Mann der Familie zieht die langen Stiefelholzschuhe an und steigt in die Torfkuhle. Die obere Schicht, den losen Moostorf, kann er nicht gebrauchen; der wird zur Seite gelegt, um als Streu zu dienen. Aber die darunter liegende dunklere Schicht ist der Teig, den die gute Mutter Erde für die Torfbäcker in vielen Jahrhunderten angerichtet hat. Der Mann sticht die Masse mit dem Spaten los und hebt sie auf ein Wägelchen, das am Rande der Kule bereit steht. Auf Schienen rollend, bringt dieses seine Last auf eine abgetorfte Fläche. Die ist so eben wie eine Kuchenplatte. Hier wird der Teig mit Forken auseinandergebreitet, und dann geht's ans Kneten. Die Hände in die Seiten gestemmt, stehen Männer und Frauen mit breiten Holzschuhen, treten und stampfen, was die Kraft hergeben will. Endlich wird die Teigmasse mit einer Art Schieber vollends geglättet. Und nun, liebe Frühlingssonne, bitte, sei so gut und mache den

großen schwarzbraunen Kuchen bald gar! Und sie tut's, die freundliche Sonne. Von den wilden Winden und den linden Lüften läßt sie sich dabei helfen. Nach einigen Tagen zeigen sich auf der Oberfläche des Kuchens feine Risse.

Nun wieder heran, ihr Bäckersleute! Schneidet euren Kuchen, ehe er gar zu hart wird! Und sie kommen mit langen, haarscharfen Messern und schneiden ihn, wie Mutter den Butterkuchen, zu schmalen Streifen und diese Streifen in handliche Stücke.

Jetzt wird die Arbeit wieder den treuen Verbündeten, der Sonne und dem Winde, überlassen. Die sorgen dafür, daß die halbgaren Kuchenstücke bald aufgenommen und in Reihen aufgesetzt werden können.

Heiß und immer heißer brennt und backt die Sommerglut. Aus den Reihen werden Häufchen, aus den Häufchen Haufen, und damit ist's getan. Der Backtorf ist fertig.

So schildert Dietrich Speckmann den Kindern die Backtorfherstellung im Teufelsmoor in einem alten Lesebuch.

Natürlich war die Verarbeitung der nassen Moorklumpen zu Backtorf oder »Trettorf«, wie er auch genannt wurde, keineswegs so leicht und vergnüglich, wie es bei Speckmann klingt, sondern anstrengend, mühsam und außerdem langwierig. Und alle Mühe konnte umsonst gewesen sein, wenn die liebe Sonne eben nicht »freundlich« war, sondern sich im Sommer immer wieder hinter Regenwolken versteckte.

Die Herstellung und Verschiffung von einem ganzen Hunt Backtorf (12 cbm) nahm viele Tage in Anspruch – Arbeitszeit, die für den Acker, die Wiesen und Weiden verloren ging. So ist es auch von daher erklärlich, weshalb die Kultivierung des Moores auf den einzelnen Stellen wesentlich langsamer als ursprünglich eingeschätzt vor sich ging. In einem Gutachten des Amtmanns Meiners aus Osterholz heißt es, daß »ein zu starker Torfabbau eine Vernachlässigung des Ackerbaus zur Folge hat und zum Wirtshausleben verführt«. – Aber der Torfhandel brachte ein, was auf Wiese und Acker von vielen Siedlern überhaupt nicht zu erwirtschaften war: bares Geld für Saatgut, Haus- und Ackergerät, vielerlei Dinge des täglichen Bedarfs.

Der Backtorf war wegen seines hohen Brennwertes bei geringer Rauchbildung besonders gefragt. Nachdem die Öfen in den Wohnungen schon einige Zeit mit Steinkohle geheizt wurden, verwendeten immer noch einige Bäcker den braunen »Bäckertorf«, weil sie ihre Öfen noch nicht umgestellt hatten.

Hier wird Backtorf, aus der tiefschwarzen nassen Schicht unter dem braunen Bäckertorf, hergestellt. Der Fotograf hat versucht, das Nacheinander der einzelnen Arbeitsgänge einzufangen.
Vordergrund: Die mit Karren oder Wagen herangeschaffte Torfmasse wird (Mittelgrund) ausgebreitet und flachgetreten.
Hintergrund: Nach sorgfältigem Glätten und oberflächlichem Antrocknen durch Sonne und Wind wird die Torfschicht mit speziellen Arbeitsgeräten

zunächst in Streifen, danach in einzelne Torfstücke zerteilt.
Das völlige Durchtrocknen der im Vergleich zum Bäckertorf etwas kleineren, aber deutlich schwereren und viel härteren Backtorfsoden geschieht wie beim Stichtorf.
Im 19. Jahrhundert wurde im Teufelsmoor vor allem der für Heizzwecke höherwertige Backtorf zum Verkauf gebracht.

Vom Leinpfad oder vom Torfkahn aus wurde das Schiff mit einem Staken (»Schieberuder«) vorwärts geschoben oder auch mit der Leine gezogen. Links im Bild ein stattliches Bootsschauer.

Ehemalige Schiffahrtskanäle im Teufelsmoor

Foto nächste Seite:
Sobald Jan von Moor mit seinem Kahn den Schiffgraben verlassen und
die Hamme erreicht hatte, setzte er bei günstigem Wind sogleich
das 10 qm große Luggersegel. Wegen der vorherrschend
westlichen Winde konnte vor allem auf der Rückfahrt von
Bremen gesegelt werden.

In der Hauptsaison für den Torfverkauf (Herbst und früher Winter) segelten täglich Hunderte von Torfschiffen auf der Hamme nach Bremen oder weserabwärts in Richtung Bremerhaven und wieder zurück zu den Moordörfern.

Hammefahrt

Für mehr als 30 Moordörfer war die Hamme der Wasserweg nach Bremen. Schon am Tag zuvor hatten Frauen und Kinder den Torfkahn beladen. Bei Tagesanbruch, oft auch noch früher, stieg Jan in sein Schiff, verstaute die Wegzehrung unter dem Vordeck, griff nach dem kürzeren Schieberuder und stakte die schmale Scheede (Seitengraben) zum Moorkanal, dem Schiffgraben, hinunter. Dort war er nicht allein; aus vielen kleinen Gräben schwenkten die schwarzgeteerten Schiffe in den Kanal ein. Mit dem längeren Schieberuder schob er sein Schiff über die vielen Klappstaue auf dem Schiffgraben hinweg, bis er in die Hamme kam, bei günstigem Landwind das Ruder beiseite legen, den Mast aufstecken und das Segel setzen konnte.

Findorf, Kohlheim und Dahldorf im Norden waren durch Schiffgräben über den Kollbeck mit der Hamme verbunden. Die Nordsoder, Ostersoder und Heudorfer fuhren über den Rummeldeisbeck zur Hamme; Friedensheim, Ahrensdorf, Giehlermoor, Bornreihe, Hüttendorf, Neu Sankt Jürgen und Wörpedahl verfügten über eigene Kanäle, die unmittelbar zur Hamme führten.

Über den Umbeck nördlich von Worpswede kamen die Moorbauern aus Mevenstedt, Schlußdorf, Winkelmoor und Bergedorf zur Hamme hinunter. Die Schiffgräben von Teufelsmoor, Altenbrück, Nieder-Sandhausen, Ströhe, Spredding und Verlüßmoor mündeten in die Beeke, die von Nordwesten der Hamme zufließt.

Torfschiffer aus Adolphsdorf, Otterstein, Mooringen, Neu-Bergedorf, Lüningsee und Lüninghausen, Westerwede, Südwede, Nordwede und Osterwede, Worpheim und Weyermoor brachten durch die (alte) Semkenfahrt ihren Torf zur Hamme.

Man kann sich in etwa vorstellen, welch lebhafter Schiffsverkehr in den Herbstmonaten auf dem alten, damals noch nicht begradigten Moorfluß war. Maler und Fotografen haben dieses Bild gern festgehalten: die schwarzen Segel auf dem sonneglitzernden Wasser vor einem übermächtig großen Wolkenhimmel. Aber dieser Eindruck täuscht: bei hierzulande vorherrschenden West- und Nordwestwinden mußte in Richtung Bremen vorwiegend gestakt werden, und das war eine anstrengende, stundenlange Fahrt.

Wo Hamme und Wümme sich vereinigen, ging es entweder auf der Lesum nach Vegesack und »außenherum« weseraufwärts nach Bremen, oder Jan von Moor fuhr die Wümme ein Stück landeinwärts bis Dammsiel. Hier mußte das vollbeladene Schiff mit einer Winde über den Blocklander Deich gezogen werden. Dieser mühsame »Überzug« wurde erst Mitte des 19. Jahrhunderts durch den Bau einer Schleuse unnötig. Auf der »Kleinen Wümme« gelangte das Torfschiff zur Verladestelle im Stadtgebiet.

Der Weg nach Bremen war für die Hammefahrer zeitraubend und beschwerlich. Eine deutliche Verkürzung wurde 1817 durch den St.-Jürgenkanal geschaffen, der Hamme und Wümme miteinander verbindet. Allerdings mußten zwei weitere Überzüge in Kauf genommen werden, bei Moorhausen und bei Höfdeich am rechten Wümmeufer.

Über einen großen Umweg klagten auch die Benutzer der Alten Semkenfahrt. Ihnen wurde erst 1869 durch die »Neue Semkenfahrt« geholfen, die bei Worpheim, südlich von Worpswede begann und geradenwegs zur Wümme führte. Auch hier ging es nicht ohne Überzüge, wenn das Torfschiff durch die Wümme in bremisches Stadtgebiet gebracht werden sollte.

Die Gaststube war stets sehr einfach eingerichtet. – Aber die Zeitung konnten die Moorbauern erst lesen, als gegen Ende des vorigen Jahrhunderts in neu gebauten Schulen ein ordentlicher Unterricht erteilt wurde.

Partie an der Hamme, genannt Helgoland. Bunger's Hütte.

»Neu Helgoland« bei Worpswede. So sah es dort einmal aus, als Gastwirt »Bunger« die ehemalige Torfschifferkneipe führte.

Photogr. u. Verlag von Heinr. F. Holtmann, Bremen

Otterstein   Schenkwir

aft von Joh. Bellmann

Wörpefahrt

Im Langen und Kurzen Moor verschiffte Jan von Moor seinen Torf auf der Wörpe nach Bremen.

Zubringer an den Fluß waren für die rechtsseitig gelegenen Ortschaften – Wörpedorf, Tüschendorf, Seehausen, Moorende, Schrötersdorf, Mooringen, Otterstein und Worphausen – drei Schiffgräben, die sich vor der Einmündung vereinigten. Von links kamen die Torfschiffer aus Grasberg, Schmalenbeck, Eickedorf, Huxfeld, Mittelsmoor und Dannenberg auf den für sie zuständigen Kanälen an die Wörpe heran. Rautendorf und Seebergen besaßen früher eine eigene Zufahrt zur Wümme, gaben die aber auf, als ihnen und auch Heidberg der Anschluß an die Wörpe ermöglicht wurde, denn die Wümme war in ihren zahlreichen Windungen wegen der schwachen Strömung stark versandet. Störungsfrei war sie nur bei Flut zu befahren. Bei niedrigem Wasserstand lief das Torfschiff, obwohl ohnehin sehr flach gebaut, häufig auf. Dann mußten die Torfbauern barfuß ins Wasser steigen, um mit vereinten Kräften die Schiffe über die Sandbank hinwegzuschieben. Gelang das nicht, mußte die nächste Flut abgewartet werden.

Aber auch die Wörpe war nur ein schmaler, dazu in den Krümmungen oft zugewachsener kleiner Fluß und schwierig zu befahren. Während auf der Hamme Halbhunt-Schiffe verkehren konnten, mußten sich die Wörpefahrer mit Viertelhunt-Schiffen (Laderaum für nur 3 cbm Torf) begnügen. Denn weitere erhebliche Hindernisse für die Torfschiffahrt waren Mühlenwehre in beiden Flüssen.

Drei Wassermühlen – bei Bülstedt, bei Wilstedt und bei Lilienthal – versperrten mit ihren Wehren die Wörpe. Langwierige Verhandlungen mit den Mühlenbesitzern und den Anliegern waren erforderlich, bis es endlich möglich war, durch

Bootsschauer. Der Torfkahn wurde vom Moorbauern so gut gepflegt, daß es hieß: »Jan hollt mehr op sien Schipp as op sien Fro.«

Am Rautendorfer Schiffsgraben.

Schiffgraben mit Torfschiff und Klappstau. – Herausgegeben wurde diese Ansichtskarte von der ehemaligen Bierbrauerei in Falkenberg (heute zu Lilienthal).

Klappstaue in der Wörpe (Lilienthal).

Flußbegradigung freie Durchfahrt zu bekommen. Für die Umgehung der Lilienthaler Mühle wurde erst 1850 ein Kanal gegraben, in dem mehrere Klappstaue für den ausreichenden Wasserstand sorgten. Bis dahin mußten die Torfschiffe von Pferden aus dem Wasser heraus und über den Deich und zur Wümme hinübergezogen werden.

Auf dem beschwerlichen Weg nach Bremen gab es für die Torfschiffer noch weitere solcher »Überzüge«. Nur ein kurzes Stück wümmeabwärts kam schon der Kuhsieler Überzug, der in den Kuhgraben führte. Und im Kuhgraben selbst waren drei Wehre zu überziehen, bevor dort Klappstaue eingesetzt wurden. Da alle Torfschiffer, auf der Hin- wie auf der Rückreise, oft gleichzeitig die Überzüge zu benutzen hatten, stauten sich dort die Torfschiffe, so daß man neben jedem Überzug einen zweiten einrichtete. Aber erst die vom Bremer Senat eingesetzten Schleusen brachten wesentliche Erleichterungen für den Schiffsverkehr.

Als 1858 endlich auch die Wümme begradigt und auf Wassertiefe von etwa einem Meter gehalten werden konnte, wäre sogar der Einsatz von Zweihunt-Schiffen möglich gewesen. Aber was hätte das für einen Sinn gehabt, wenn diese großen Kähne auf den schmalen Schiffgräben in den Moordörfern doch nicht verkehren konnten?

Mehr als 2000 Torfschiffe kamen 1860 die Wörpe herabgefahren. Das zeigt, wie bedeutsam dieser kleine Fluß für den Torfhandel wurde, als eine Fahrt nach Bremen nicht mehr zwei Tage wie zu Anfang, sondern nur noch wenige Stunden dauerte. – Diese Zeitersparnis war aber auch ganz wesentlich dem Ausbau der Wasserwege im bremischen Stadtgebiet und der Anlage größerer Torfverladestellen zu verdanken.

Schütte und Klappstaue

In den ersten Jahrzehnten der staatlichen Moorkolonisation waren nur verhältnismäßig wenige Moorbauern imstande, den selbst gestochenen Torf nach Bremen und andernorts zu verschiffen und zu verkaufen: die Torfkähne waren teuer, die Fahrten waren mühsam und zeitraubend. Besonders erschwerend und deshalb immer wieder Anlaß zu Ärgernissen und erheblichem Zeitverlust waren die zahllosen Stauvorrichtungen in den kleinen und auch größeren Moorkanälen. Das »Schütt«, jahrhundertelang die einzige Möglichkeit, abfließendes Wasser aufzuhalten, war nicht nur ein schwer zu überwindendes Hindernis, sondern auch unwirtschaftlich, weil der Wasserverlust bei herausgehobenen Staubrettern so groß war, daß häufig Wartezeiten erforderlich waren, bis der Wasserstand auch für vollbeladene Torfschiffe wieder ausreichend war. Ohne tüchtige »Schüttmeister«, die sich auch gegenüber Querulanten durchzusetzen wußten, wäre der Torfschiffsverkehr auf etlichen Schiffgräben unmöglich geworden. Streitigkeiten (Bevorzugung von Freunden) führten nicht selten zur Absetzung des Schüttmeisters.

Diese Widrigkeiten sollte eine Erfindung des Wasserbaufachmanns Claus Witte beheben, der sich als Nachfolger Jürgen Christian Findorffs die Verbesserung der Schiffahrtswege im Teufelsmoor und im Bremer Stadtgebiet zur besonderen Aufgabe machte und sich damit große Verdienste erwarb. Witte konstruierte ein »Klappstau«, das zwar aufwendiger in der Herstellung und Erhaltung war, aber gegenüber dem alten Schütt so viele Vorteile hatte, daß sich der Einbau in allen Moorkanälen lohnte.

Das Wasser wurde mittels einer »Klappe« gestaut, die das Torfschiff beim Überfahren hinunterdrückte und die sich durch den Wasserdruck selbsttätig sofort wieder aufrichtete. (siehe Zeichnungen auf S. 23) Etwa ein Dutzend Latten aus Fichtenholz wurde fugenlos aneinandergelegt und durch Lederstreifen einseitig verbunden. Diese »Rollo« bewegte sich in gekrümmten Holzführungen zu beiden Grabenseiten.

Vorteile: der Wasserverlust war deutlich geringer als bei den Schütten und Jan von Moor konnte für sich allein nach Bremen fahren, wann immer es ihm selbst, bei Tag oder Nacht, beliebte. Mühevoller als die Hinfahrt war allerdings auch bei diesen Stauvorrichtungen die Rückfahrt, weil das Niederdrücken der Stauklappe gegen den Strom größere Anstrengung kostete und die Staustufe überwunden werden mußte. Die heimkehrenden Torfschiffer pflegten daher ihre Kähne hintereinander zu binden und dann gemeinsam an langer Zugleine zu treideln. Die Kosten für den Einbau und die Erhaltung der neuen Klappstaue mußten im wesentlichen von den »Fahrtgemeinschaften«, gleichfalls von Witte ins Leben gerufen, aufgebracht werden.

1975 begann der Wasser- und Bodenverband Teufelsmoor mit dem Neubau von Klappstauen im Giehlermoorer Schiffgraben. Sie können dort besichtigt werden.

Überzüge

Probleme besonderer Art traten für die Torfschiffahrt dort auf, wo beim Übergang von einem Gewässer in ein anderes ein dazwischenliegender Deich überwunden werden mußte.

Torfschiff beim Überfahren eines Klappstaus. Die bewegliche Klappe wurde durch das Gewicht des Schiffes nach unten gedrückt. Durch den Wasserdruck richtete sie sich selbsttätig wieder auf.

An solchen Stellen gab es nur die Möglichkeit, die Schiffe aus dem Wasser heraus und über den Damm hinüberzuziehen. Solche »Überzüge« wurden entweder von Pferdegespannen oder durch Winden geleistet (siehe Abb. auf S. 59). Jan von Moor mußte zahlen. Bei lebhaftem Torfschiffsverkehr in den Herbstmonaten kam es vor den Überzügen zu Stauungen und damit zu langen Wartezeiten für den Moorbauern. Man versuchte, Abhilfe zu schaffen, indem man neben den ersten noch einen zweiten Überzug setzte. Wesentliche Verbesserung aber brachte erst der Bau von Schleusen.

Die hohen Deiche an Hamme und Wümme waren stets ein besonderes Problem für die Torfschiffahrt. Mühsam mußte Jan von Moor seinen Torfkahn mit einer Winde (oder mit Pferden) über den Damm hinüberziehen, wie es zum Beispiel in Lilienthal oder bei Dammsiel geschah. Erst mehr als einhundert Jahre nach Beginn der staatlichen Moorkolonisation begann man damit, die »Überzüge« durch Schleusen oder Umgehungskanäle mit Klappstauen zu ersetzen. Zwei kleinere Überzüge an Deichen, die das Wasser zweier Schiffgräben voneinander trennen sollten, sind auf den Bildern zu erkennen.

Das »Bremen Fahren«

Eine mühevolle Arbeit ist die am Ende des Sommers beginnende Verschiffung des inzwischen getrockneten Torfs. Die weiblichen Arbeitskräfte haben die schwere Aufgabe, den Torf auf Karren durch die weichen Moorwege nach der Schiffsstelle zu befördern, während die Männer bei Tag und bei Nacht dem Fahren obliegen. Je nach der Länge des Weges beginnt der Bauer um 12, 2 oder 4 Uhr, sich auf die Reise zu rüsten. Die Frau kocht heißen Kaffee, backt zwei handdicke Buchweizen-Pfannkuchen, einen zum Frühstück, den andern als Proviant für die Reise, und versieht die »Bremerkiepe« mit Brot, Butter, Pfannkuchen und einigen Beuteln für mitzubringende steuerfreie Mengen von Reis, Kaffee ec. Nachdem der Schiffer sich gestärkt, steckt er die unentbehrliche Pfeife an, nimmt den Proviantkasten auf den Rücken, um in der dunklen Nacht sein Schiff aufzusuchen. Jedes Schiff trägt 6 cbm Torf und wird von einem Mann gefahren. Vorn befindet sich das durch eine Klappe zu öffnende, mit Stroh und Kissen ausgerüstete, zum Schlafen dienende Verdeck, das vorläufig die Bremerkiepe aufnimmt; hinten ist ein freier Platz für den Schiffer. Zum Fahren dient ein langes, oben mit einer Krücke und unten mit einem eisernen Beschlag versehenes zweischneidiges Ruder, das in Folge seiner Schwere schnell zu Boden sinkt und vermöge seiner dünnen zugeschärften Form mit Leichtigkeit das Wasser durchschneidet. Mit diesem »Schiebruder« fährt oder schiebt der Schiffer bald an der einen bald an der anderen Seite des Schiffes, durch das Stellen desselben genau die Richtung der Fahrt bestimmend, ohne noch eines Steuers zu bedürfen. Nach sechs- bis achtstündiger Fahrt, die nur durch ein mit einem Kruge Braunbier gewürztes Frühstück unterbrochen wird, gelangt er nach Bremen in das neuangelegte Torfbassin, das im Herbste von Torfschiffen fast gefüllt und von Torfwagen, zwischen denen die Mooranbauer aufladend oder handelnd sich bewegen, umstellt ist. Die erste Sorge der neuangekommenen Schiffer richtet sich auf die Herbeischaffung eines Wagens. Jeder Mooranbauer hat seinen bestimmten Fuhrmann, der für eine Reihe von Kunden den Torf in die Stadt fährt und in der eiligen Herbstzeit oft kaum den an ihn gestellten Anforderungen gerecht zu werden vermag. Ist der Wagen zur Stelle, so wird der Torf in Eile verladen, wobei die mit Torfmull bestäubten »Brockenweiber«, im Falle die eigenen Arbeitskräfte nicht ausreichen, gegen Überlassung der sich vorfindenden Brocken geschickte Dienste leisten. Endlich sind die Schiffe leer, die Wagen gefüllt, die Fuhrleute spannen schon an: aber der schornsteinfegerartig dreinschauende Torfbauer kann sich in solchem Zustande doch nicht seinen Kunden vorstellen. Er steigt in das Schiff, wäscht sich im Torfbassin, trocknet sich ab mit seiner Leibwäsche, kämmt sich mit seinen zehn Fingern und folgt nun mit würdevollen Schritten seinem Kummtwagen. Eine schwierige Arbeit wartet seiner noch, sobald der Torf nicht in den Keller gebracht wird, sondern in Körben einige Treppen hoch auf den Boden getragen werden muß. Oft läßt er sich diese mühevolle Arbeit von Arbeitsmännern, die mit breitem Rücken begabt sind und aus dem Torftragen ein sehr einträgliches Geschäft machen, abnehmen, verliert aber dadurch nicht unbedeutend an seinem Verdienste.

Nunmehr wandert der Schiffer mit seinem Proviantkasten in eine der Schenken, die zahlreich in der Nähe des Torf-Bassins

Das Bild zeigt den Torfhafen in Bremen-Findorff im Winter. Der heute bis auf ein kleines Becken zugeschüttete Hafen hatte einst eine Länge von mehr als einem Kilometer. Mit Pferdewagen (große schwarze »Kumpwagen«) wurde der Torf von hier aus zu den Haushalten befördert.

Die sogenannten Brockelweiber halfen beim Umladen des Torfes vom Schiff auf den Kumpwagen, wofür sie den zurückgebliebenen Torfmull erhielten.

Kupfer-Tiefdruck von Carl Schünemann, Bremen.

Nr. 6: „Beim Torfaufladen am Torfkanal"
von Hermann Apel, Bremen.

Aus dem Wettbewerb der Bremer Nachrichten
für Liebhaber-Photographen.

*Beladene Pferdefuhrwerke am
Bremer Torfkanal.*

zum großen Theile von Landsleuten gebaut sind, und läßt sich eine Pfanne geben, um den Pfannkuchen zu braten; oder er bereitet sich aus Braunbier, Brot und Syrup eine Kaltschale. Überrascht ihn die Nacht, so findet er in seinem Verdeck, das allerdings einem Sarge sehr ähnlich sieht, eine warme Schlafstelle. Als in früherer Zeit ein großer Theil der Mooranbauer noch mit kleineren, nicht mit einem Verdeck versehenen Schiffen nach der Stadt fuhr, begaben sich diese zum Schlafen auf den mit Stroh reichlich belagerten Boden ihrer Wirthe, legten ein Bündel unter ihren Kopf, bedeckten die Füße und schliefen ruhig bis an den Morgen, wenn sie von lärmenden Nachzüglern nicht getreten und aufgeweckt wurden. Nur wenige gönn-

ten sich die Bequemlichkeit, in Betten zu schlafen. Sind die kleinen Einkäufe besorgt, ist namentlich ein »Stuten« für die Kleinen und die Alten gekauft, so segelt oder schiebt der Schiffer wieder der Heimath zu. In den Schiffgräben pflegen sich eine Menge zusammen zu finden, ihre Schiffe hintereinander zu binden und mittels einer langen Schiffsleine gemeinsam über die aufwärts schwer zu passirenden Klappen zu ziehen. Zu Hause angekommen, wird in Hast das aufgewärmte Mittagsessen verzehrt, um sofort die Schiffe wieder vollzuladen und möglichst bald die folgende Reise zu beginnen. Zum Schlafen lassen sich die Schiffer nur wenig Zeit; sie fahren Tag und Nacht und selbst Sonntags gönnen sich manche keine Ruhe.

Torfkanäle und -häfen in Bremen

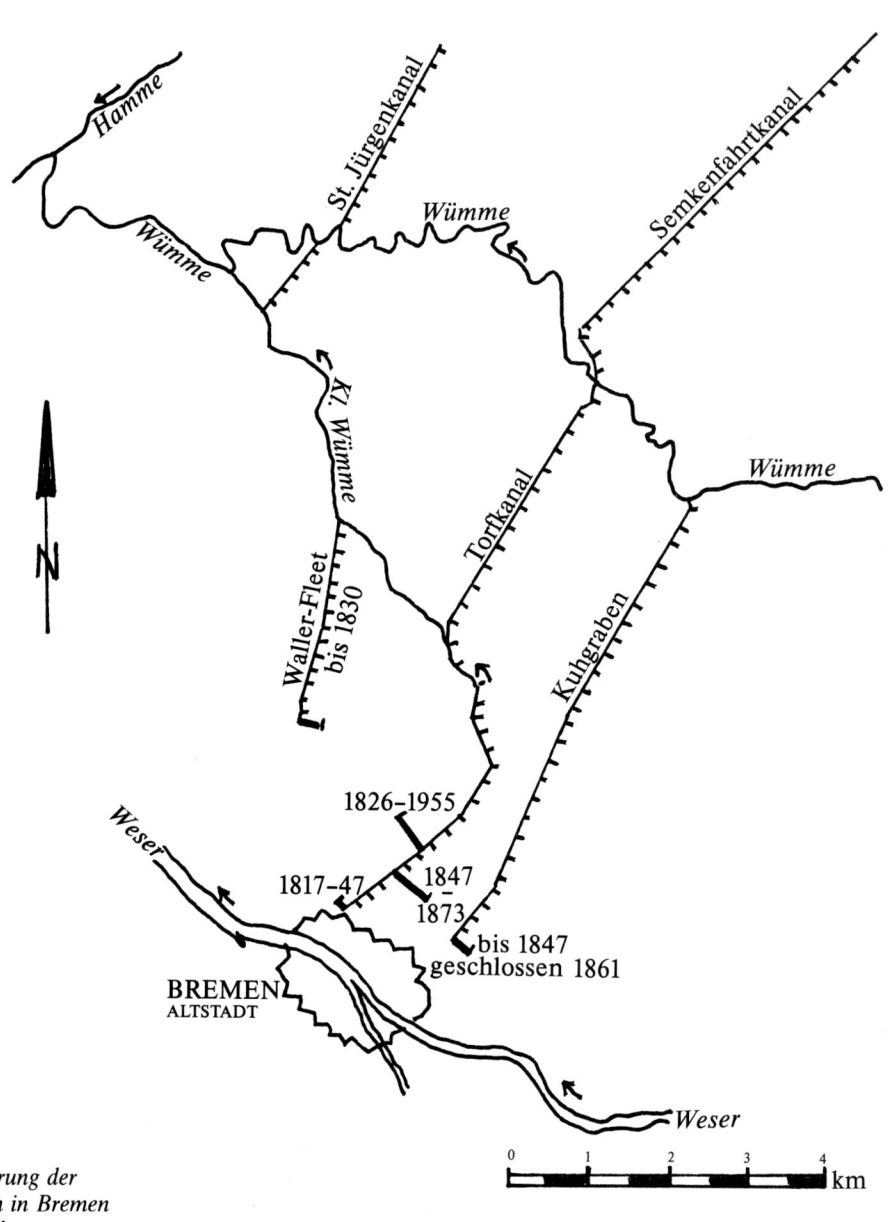

Die ständige Verbesserung der Torfkanäle und -häfen in Bremen zeigte die Bedeutung des Torfhandels für die Hansestadt. (nach: Eggelmann, R.)

Torfkanäle und Torfhäfen in Bremen

Die weitaus größte Zahl von Torfschiffen kam von der Hamme nach Bremen. Sie fuhren in die »Kleine Wümme« hinein und gelangten ins Waller Fleet mit einem Kai für das Umladen der Torfsoden auf bereitstehende Pferdegespanne.
1830 wurde die Verladestelle am Waller Fleet aufgegeben, weil sie dem wachsenden Torfhandel nicht mehr genügte. Der Bremer Senat ließ ein neues Torfbassin am Ansgaritor ausheben und als Zuführung einen ehemaligen Entwässerungsgraben zum breiten und tiefen »Torfkanal« ausbauen, der über die Wümme zu erreichen war und auch mit der Semkenfahrt eine Verbindung hatte. Zwei weitere Bassins mußten für die Torfschiffe eingerichtet werden; von besonderer Bedeutung der 1826 gebaute Findorff-Hafen, der wiederholt vergrößert werden mußte; seine Kaimauern waren über einen Kilometer lang.
Die Wörpefahrer kamen gleichfalls über die Wümme an das Bremer Stadtgebiet heran. Sie fuhren den Kuhgraben bis zum Torfbassin an der Schleifmühle hinunter. Ab 1847 wurde die Unterhaltung dieses Bassins und des Wasserweges aufgegeben; die Torfschiffe liefen durch den Torfkanal ebenfalls den Findorff-Hafen an.
Drei vom Bremer Senat auf Betreiben des Moorkommissars Witte erbaute Schleusen ersetzten Überzüge und Klappstaue an bis dahin schwierigen Übergängen.
Wie uns berichtet wird, lagen im Torfbassin gegen Herbst oft Hunderte von Torfschiffen. Am Kai standen die großen schwarzen Kumpwagen, auf die der Torf verladen wurde, und in den Stuben der kleinen Gastwirtschaften an der Neukirchstraße drängten sich die Torfbauern, Aufladefrauen und Fuhrleute beim Frühstücken.
Mit dem Ausbau des Entwässerungsgrabens zum »neuen Torfkanal« erließ der Bremer Senat die folgende Verordnung, den Torfschiffsverkehr und den Torfhandel betreffend:
1. *Schiffer müssen Anordnungen befolgen;*
2. *es wird ein Zoll erhoben;*
3. *die Kanalgebühr wird festgesetzt auf 6 Groten je Schiff;*
4. *die Deichüberquerung kostet 2 Groten je Schiff (für Hin- und Rückfahrt);*
5. *a) es kann der bisherige Schiffgraben entlang der Hemmstraße benutzt werden, trotzdem muß die Kanalgebühr entrichtet werden,*
   b) jeder Torfwagen muß ebenfalls 6 Groten bezahlen;
   c) Lebensmittel (Kälber, Schafe, Geflügel, Fische) dürfen nur auf dem Torfkanal entlang der Bürgerweide transportiert werden;
   d) Utbremer Bürger dürfen – wie bisher – ihren Torf am Wallerfleet entladen, die Gebühr beträgt ebenfalls 6 Groten je Schiff;
6. *Beschwerden sind an den Landherrn zu richten.*

Torfhandel in Bremen

Jährlich passierten bis zu 18 000 Torfkähne den neuen Torfkanal. Welche unvorstellbaren Mengen Torf sie nach Bremen brachten, zeigt diese Tabelle. Zum Vergleich ist der Steinkohlenverbrauch aufgeführt, der besonders ab 1880 rasch zunimmt.

Im Jahre	Steinkohlen und Koks Hektoliter	Torf Kubikmeter
1847	65 759	217 486
1848	113 621	208 164
1849	79 379	223 729
1850	142 312	243 297
1851	115 019	225 656
1852	100 597	234 693
1853	125 777	238 438
1854	166 642	224 963
1855	193 292	244 599
1856	300 380	225 764
1857	268 815	225 303
1858	306 366	221 544
1859	252 441	230 215
1860	369 566	270 735
1861	418 329	296 857
1862	291 312	274 277
1863	302 569	276 150
1864	313 357	302 611
1865	421 867	314 851
1866	368 460	271 359
1867	442 369	290 032
1868	518 507	299 666
1869	510 992	278 144
1870	571 289	309 559
1871	763 950	417 549
1872	771 485	313 448

Anzahl der Torfkahn-Passagen und vereinnahmte Gebühren in Bremen (neuer Torfkanal)

Jahr	Anzahl Schiffs-Ankünfte	Gebühren Reichstaler	Groten
1818	376	31	24
1820	5 345	445	30
1825	8 754	729	42
1830	10 088	840	48
1835	11 337	944	54
1840	11 149	929	6
1845	13 565	1 130	30
1848	12 248		
1850	13 072		
1855	11 484		
1860	13 446		
1865	12 225		
1870	16 259		
1875	18 054		

Übersicht über den Torfabsatz (erschienen 1877)

Name	Gesammt-Flächen-Inhalt	Flächen-Inhalt des unkultivirten Moores	angeblicher Torfabsatz auf dem Wasserwege	auf dem Landwege
	Hekt.	Hekt.	Kbm.	Kbm.
Amt Lilienthal				
Adolphsdorf	467	326	10800	–
Bergedorf	373	241	9600	–
Dannenberg	211	126	3660	–
Eickedorf	530	307	5940	–
Fünfhausen	44	28	450	–
Grasberg	64	21	900	–
Grasdorf	197	106	3500	–
Heidberg	572	217	2400	–
Heudorf	553	288	900	–
Hüttenbusch	578	312	3900	–
Hüttendorf	320	222	4200	–
Huxfeld	312	203	3000	–
Lüninghausen	161	70	1920	–
Lüningsee	30	8	–	–
Meinershausen	247	167	3600	–
Mevenstedt	162	107	2700	–
Mittelsmoor	125	84	2760	–
Moorende	227	135	3840	–
Mooringen	177	105	3654	–
Neu-Mooringen	51	21	2700	–
Neu-St.-Jürgen	824	508	5436	–
Nordwede	96	49	1746	–
Otterstein	351	230	8310	–
Rautendorf	682	479	7680	–
Schlussdorf	327	204	9900	–
Schmalenbeck	539	356	4200	–
Schrötersdorf	25	2	1800	–
Seebergen	391	193	2400	–
Seehausen	296	196	8400	–
Südwede	94	32	1500	–
Tüschendorf	337	206	18000	–
Ueberhamm	524	228	4200	–
Vieh (vide Hüttenbusch) .	–	–	–	–
Weinkaufsmoor	63	43	1140	–
Westerwede	147	74	1200	–
Winkelmoor	111	68	2520	–
Wörpedahl	37	14	840	–
Wörpedorf	948	506	18360	–
Worphausen	401	158	1740	–
Worpheim	169	40	738	–
Weyerdeelen	209	101	600	–
Weyermoor	97	28	1020	–
Amt Osterholz				
Altenbrück	73	37	1200	–
Ströhe	204	119	900	900
Ostersode	351	155	3300	–
Sandhausen	88	59	1800	–
Altendamm	316	163	2100	–
Neuendamm	159	75	–	2400
Spreddig	236	104	1200	1200
Neuenfelde	67	15	600	–
Nordsode	175	108	1500	–
Meinershagen	138	39	4200	–
Heilsdorf	35	15	600	600
Friedensheim	62	28	4200	–
Giehlermoor	241	184	2400	–
Bornreihe	151	124	1800	–
Ahrensdorf	87	63	2400	–

Nur bei günstigem Wind konnten Torfschiffe gesegelt werden. Sonst wurden sie gestakt, gewriggt oder getreidelt.

Amt Bremervörde				
Fahrendorf	726	442	13800	–
Mintenburg	244	173	1800	–
Augustendorf	688	544	1800	–
Altbarkhausen	658	273	3000	–
Neubarkhausen		248		–
Dahldorf	164	115	3600	–
Fahrendahl	185	107	2400	–
Findorf	311	217	4800	–
Friedrichsdorf	370	273	5400	–
Gnarrenburg	145	95	600	–
Geestdorf	162	99	900	–
Kohlheim	224	160	4200	–
Klenkendorf	979	652	6600	–
Langenhausen	616	468	12000	–
Kuhstedtermoor	392	346	12000	–
Hönau	261	158	4300	–
Iselersheim	283	165	5700	–
Mehedorf	757	489	30000	–
Neuendamm	202	111	3600	–
Ostendorf	543	170	780	–
Ottendorf	214	104	2400	–
Lindorf	177	96	5460	–
Amt Achim				
Allerdorf	216	157	–	2100
Grasdorf	231	157	–	3900
Giersdorf	449	284	–	3648
Schanzendorf			–	5226
Hintzendorf	580	435	–	3120
Stellenfelde			–	2160
Meyerdamm	242	150	–	1800
Clüverdamm				
Oyterdamm	284	168	–	960
Mittelsdorf			–	900
Posthausen	475	317	–	960
Rothlake			–	960
Wümmingen			–	1320

Eine gewagte Fahrt:
Ein Torfschiff auf der Weser
in Höhe der Vulkan-Werft.
(Ein Bild aus
H. Oestmanns Film
»Sturm überm Teufelsmoor«

Die Moorkate

Auf dem nassen Moorboden konnten die Siedler vorerst nur leichte Unterkünfte errichten. Sie mußten in Nachbarschaftshilfe und für wenig Geld aufzustellen sein: ein schräges Dach aus handfesten Stämmen, die Dreieckswände vorn und hinten, eine Tür, ein Fenster. Sobald wie irgend möglich sollte diese vorläufige Kate durch ein richtiges Fachwerkhaus ersetzt werden; der Staat hatte das bei der Ausweisung der Stelle sogar zur Bedingung gemacht: binnen eines Jahres mußte das Bauholz auf der Hofstelle liegen.

Die Baumstämme mußten von der Geest herangeschafft werden; in den staatlichen Forsten von Osterholz und Lilienthal wurden sie umsonst zur Verfügung gestellt. Im übrigen verwandte der Siedler Baumaterial, das ihm das Moor selbst lieferte. Das Dachgerüst wurde mit Heidplaggen belegt; sobald sein Acker das erste Korn trug, würde er die Soden gegen Stroh austauschen, abgesehen vom First, da war Glockenheide unentbehrlich.

Vorder- und Rückseite der Kate wurden aus Torfsoden aufgebaut; in die Wände wurden ein kleines, in Bleirahmen gefaßtes Fenster und eine einfache Holztür eingepaßt. Und damit war der Rohbau schon fertig.

Im Innern der Kate war es sehr feucht, denn der Fußboden war das Moor; allenfalls ein Estrich aus festgestampftem Lehm, wenn Gelegenheit war, Lehm von der Geest zu bekommen.

Etwa ein Drittel der Kate gehörte den Tieren, den Schafen, der Ziege, vielleicht sogar einer Kuh. Der »Stall« war mit abgemähter Heide als Streu ausgelegt. In der vorderen Hälfte der Kate war eine viereckig oder rund aufgeführte Feuerstelle. Der Torfrauch schwärzte das Gebälk, bevor er zur offenen Tür oder durchs Fenster ins Freie zog. An einer der beiden Längsseiten waren zwei Schlafstellen: für die Eltern und für die Kinder. Wer länger als vorgesehen die Moorkate bewohnen mußte, richtete sie nach und nach etwas wohnlicher ein, ersetzte die Schlafstellen durch Butzen wie in den Bauernhäusern.

Die Kate war von einem Abzugsgraben umgeben, der das schwammige Moor entwässerte. Allerdings kam es nach anhaltend starken Regenfällen immer wieder vor, daß Moorwasser über die Türschwelle trat und am nächsten Morgen die Holzschuhe der Bewohner vor dem Schlaflager schwammen.

In diesen dunklen, muffig feuchten und im Winter grausam kalten Behausungen stellten sich leicht Krankheiten ein, trat seuchenartig die Schwindsucht auf. Trotzdem haben etliche der wenig bemittelten Moorbauern ihre durch kleine Anbauten erweiterten und durch inneren Ausbau etwas wohnlicher gestalteten Katen jahrelang bewohnt, obwohl die Beamten der Regierung und der Moorämter immer wieder mit »Abmeierung« (Entzug der Siedlerstelle) drohten.

Moorkate aus dem 19. Jahrhundert. Sie steht heute in dem Moormuseumsdorf in Holland. Auf einem Areal von 95 Hektar wird dort dargestellt, wie die Kultivierung eines Fehnmoores erfolgte. Auf dem Museumsgelände ist man bemüht, alle Aspekte der Moorbearbeitung aufzuzeigen. Selbst ein Moorkanal mit den für das Fehngebiet typischen Ausmaßen wurde ausgehoben; deutlich werden die Unterschiede zwischen der Fehnkultur in Holland und der Moorkolonisierung in Nordwestdeutschland, etwa im Teufelsmoor.

Die letzte Moorkate stand am Kniependamm in Neu Sankt Jürgen. Ihre Bewohner waren Trina und Peter Rathjens; bettelarme Kätner. Obwohl Karl Lilienthal in seinem Buch »Jürgen Christian Findorffs Erbe« 1931 gefordert hatte, diese Kate der Nachwelt zu erhalten, wurde sie 1938 unter dem Nationalsozialismus unter dem Vorwand mangelnder Hygiene abgerissen.

Eine Moorkate konnte im Innern durchaus häuslich eingerichtet sein. Rechts befinden sich zwei Schlafbutzen. In der Mitte ist die Feuerstelle. – Da die hier abgebildete Moorkate noch vor einigen Jahrzehnten bewohnt war, hat sie eine entsprechend »moderne« Einrichtung.

Die Moorkate war nicht nur die erste, vorläufige Unterkunft auf der neuen Siedlerstelle. Als Schutzhütte wurde sie auch in solchen Moorgebieten errichtet, die – wie manches zusätzliche Pachtland – so weit vom Hof entfernt lagen, daß sich der tägliche Hin- und Rückweg nicht lohnte. Deshalb blieben die Torfgräber während der Zeit des Torfstichs die Woche über draußen und kehrten erst am Wochenende auf den Hof zurück, um neue Lebensmittelvorräte zu holen.

Das Rauchhaus

Die einfache Moorkate sollte von Amts wegen nur eine vorläufige Behausung sein und binnen Jahresfrist durch ein »richtiges« Haus ersetzt werden; zumindest sollte bis dahin mit dem Hausbau begonnen sein. Tatsächlich wird aus einigen Kolonien auch berichtet, daß schon im nächsten Herbst nach der Dorfgründung die ersten Wohnhäuser gerichtet wurden. In anderen Moordörfern verzögerte sich das um Jahre, weil das Geld fehlte.

Das Bauernhaus in Fachwerkbauweise brauchte einen festeren Untergrund als die Moorkate. Der Moorboden, wenngleich durch die Austrocknung schon deutlich fester geworden, war dafür zu weich. Sand mußte mit dem Torfkahn angefahren werden, damit das Haus nicht einsackte und schon nach kurzer Zeit »hochgeschraubt« werden mußte. Gleichzeitig schaffte man von der Geest Findlinge heran, um die dicken Eichenschwellen darauf zu lagern. Das Eichenholz stellten die staatlichen Forsten in Lilienthal und Osterholz den Siedlern zur Verfügung oder es mußte teuer auf der Geest gekauft werden. Die Stämme wurden mit Zweihandsägen zu Balken aufgeschnitten; alles Bauholz wurde entweder auf dem Wasserweg oder im Winter über den gefrorenen Boden ins Moor gebracht.

Auf den Rahmen aus Eichenschwellen stellte man das Fachwerk des Hauses. In die quadratischen Fächer setzte man Gitter aus geraden Knüppeln, die mit Stroh umwunden oder durchflochten und anschließend mit Lehm verschmiert wurden. Versagten die Geestbewohner den Moorbauern den Lehm – und das kam nicht selten vor – war der Hausbau vorerst in Frage gestellt. Die Lehmwände wurden in der Regel weiß gekalkt. Erst um 1850, einhundert Jahre nach Beginn der Moorkolonisation, wurden die Lehmwände durch in die Fachwerke eingefügte Ziegelsteine ersetzt.

In gleicher Weise wie das Wohnhaus für Mensch und Vieh wurden auch die Scheunen gebaut. Nur ersetzte man die Lehmwände durch ein engmaschiges Weidengeflecht; sie blieben »zugig«, und das war für die eingelagerte Ernte, ins-

Flett mit Herdstelle im Rauchhaus. Der vom Herd aufsteigende Torfrauch verteilte sich unter der Decke des Fletts und konservierte auf diese Weise zugleich die Fleischvorräte.

besondere für das sich unter Umständen stark erhitzende Heu, von Vorteil. – Auf alten Hofstellen ist auch heute noch die eine oder andere solcher Scheunen vorhanden.

Wie das Geest- und das Marschenhaus hatte auch das Haus des Moorbauern die vierteilige Dielentür, groß genug, daß ein mit Heu hochbeladener Ackerwagen ins Haus hineinfahren konnte. In der warmen Jahreszeit standen die oberen beiden Türflügel offen, damit der Herdrauch besser als durch das nur kleine »Uhlenloch« unter dem Dachfirst den Weg ins Freie fand. Denn einen Schornstein kannte das »Rauchhaus« nicht. Für Katzen und Hühner gab es einen gesonderten kleinen Einschlupf neben der Dielentür, das »Kattenlock«, mit beweglicher Klappe zugedeckt. Pferde und Kühe wurden durch die beiden Türen links und rechts an der Stirnseite in die Stallung gebracht; für das Borstenvieh wurde schon in alter Zeit ein gesonderter kleiner Stall gebaut. Durch die Seitentüren schaffte der Bauer auch den Dung ins Freie; Misthaufen und Jauchekuhle zierten den geräumigen Vorplatz.

Den größten Teil des Innenraums füllte die aus festgestampftem und geglättetem Lehm gemachte Diele aus. Auf dem Dachboden darüber lagerten Heu und Stroh. Auf der Diele, zwischen den offenen Stallungen für Kühe und Pferde, wurde im Winter auch das Korn mit den zweiteiligen Flegeln ausgedroschen. Dahinter lag das mit kleinen Steinen gepflasterte Flett mit der Herdstelle. Zwei kleine Fenster an den Längsseiten des Hauses gaben dem Flett nur wenig Licht; besonders in den Wintermonaten lag das Flett stets im Halbdunkel. Über dem offenen Feuer auf der Herdstelle hing am gezähnten Haken der gußeiserne Kessel. Der aufsteigende Rauch verteilte sich an der Feuerschutzdecke, die die Funken aufzufangen hatte. Er zog vorbei an den zum Räuchern aufgehängten Fleisch- und Wurstvorräten, durch den mit losen Brettern belegten Heuboden und trieb durchs Uhlenloch ins Freie. Der Torfrauch schwärzte das Gebälk und schützte es damit zugleich vor Holzwurmfraß.

Eine Lehmwand hinter dem Flett trennte die beiden Kammern mit Schlafbutzen von der Diele ab. Eines dieser beiden Zimmer blieb meistens den Großeltern vorbehalten.

In den Moorgebieten hat sich das Rauchhaus länger gehalten als auf der Geest; das wird vor allem wirtschaftliche Gründe haben. Mensch und Vieh lebten unter einem Dach, dem tief heruntergezogenen Stroh- oder Reetdach. Als das moderne Bauernhaus mit Schornsteinen und eigens abgeteilter Küche das Rauchhaus verdrängte, verschwand auch die Herdstelle mit dem offenen Feuer.

Ein Spruch im dicken Balken über der Grotdör sollte das Haus vor allem Unheil bewahren. Besonders gefürchtet waren in den Moorgebieten die schweren Gewitter.

Herr! unser Gott, wir bitten dich, schütz und bewahre gnädiglich dies Haus vor allem Schaden, vor Sturm, Gewitter, Flut und Brand beschirm uns Herr mit starker Hand.
Peter und Anke Ehlers. Anno 1760.

Rund um die Herdstelle

An der Herdstelle auf dem Flett spielte sich in den alten Bauernhäusern auf der Geest wie im Moor das Familienleben ab; sie war der Mittelpunkt. Hier wurden die Mahlzeiten eingenommen, und hier saß abends die Familie zusammen; das offene Feuer gab Wärme und ein wenig Licht. Die Frauen stellten ihre Spinnräder auf, während die Männer strickten, neue Besen banden oder Holzlöffel schnitzten.

Der Herd war aus Feldsteinen viereckig oder auch rund aufgebaut, mit einer Mulde für das offene Feuer in der Mitte. Über der Feuerkuhle hing der gezähnte Kesselhaken an einem festen oder drehbaren Arm. Der rußgeschwärzte Kessel konnte höher oder niedriger eingehängt werden, je nachdem wieviel Hitze man brauchte.

Verließ die Familie das Haus für kurze Zeit, wurde das Feuer auf dem Herd mit einem Drahtkorb abgedeckt, dem Feuerstülper (Abb. 3 und 3 b). Sehr oft kam es vor, daß eine Katze sich auf dem Herd wärmen wollte und Feuer fing. Bei ihrer Flucht auf den Heu- und Strohboden wurde das Haus angezündet.

Zur Herdstelle gehörte eine Reihe von eisernen und hölzernen Geräten. Zum Auflegen von Torfstücken benutzte man die Feuerzange (Abb. 17). Angefacht wurde das Feuer mit einem Pusterohr aus einem hohlen Holunderast (Abb. 5). Über dem Feuer hing »de grote isern Pott« (Abb. 13). Den Dreifuß (Abb. 8) setzte man auf die Glut, wenn in einem Tiegel etwas erwärmt werden sollte. Auch eine Wurströste

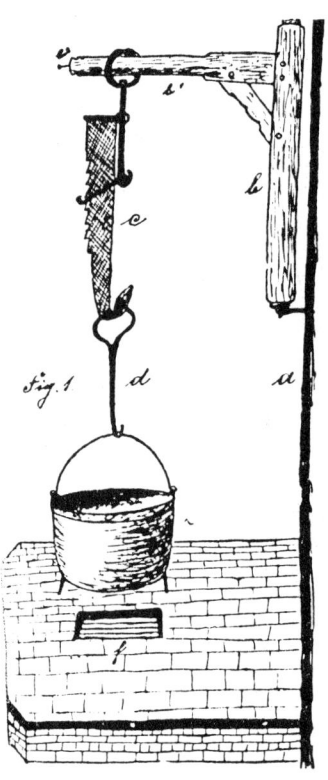

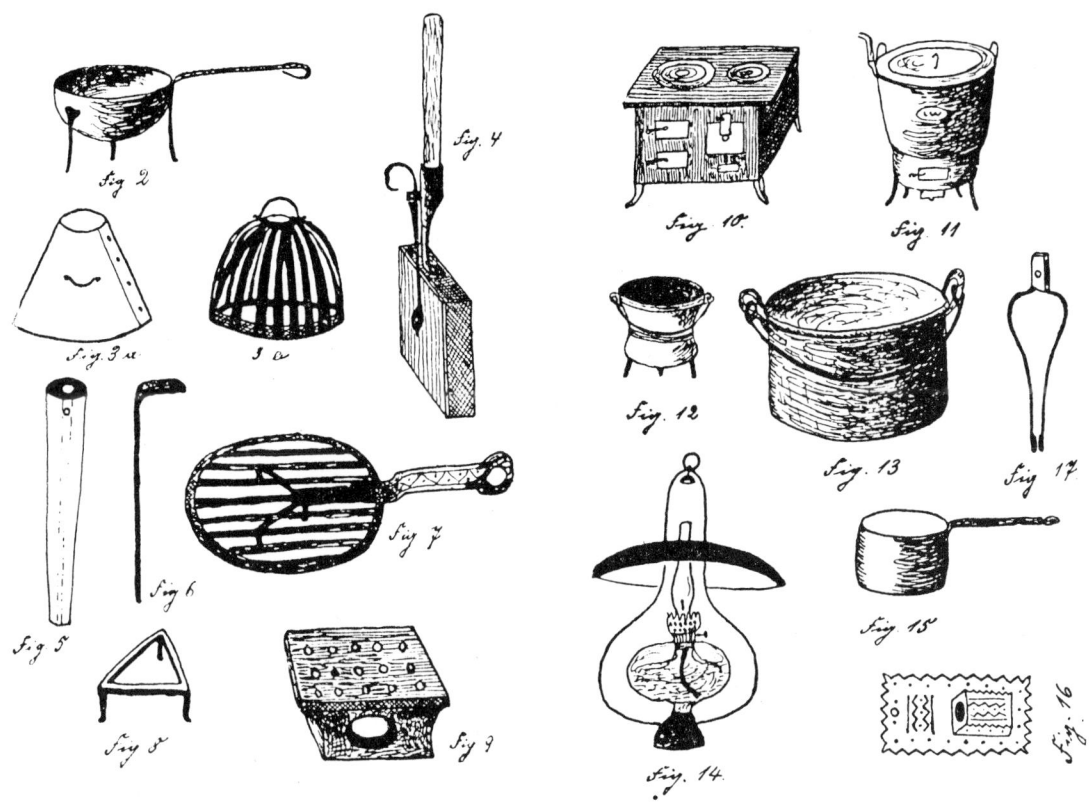

(Abb. 7) kannte man schon. Der Feuerhaken (Abb. 6) rakte die Glut auseinander.

An der Flettwand hingen ein Kaffeebohnenbrenner (Abb. 4) und eine Pfanne (Abb. 2). Der »Kaffee« wurde im Moor natürlich aus Roggen gebrannt.

Feuerkieken aus Eisen, Ton oder Holz (Abb. 9) sorgten am Abend für warme Füße. Es gab im Haushalt einen Salzfaßbehälter (Abb. 16) und für bestimmte Zwecke brauchte man auch den »Pingelpott« (Abb. 12).

An der Herdstelle

So anheimelnd gemütlich, wie es oft angesehen wird, war es in einem dieser alten Bauernhäuser allerdings nicht; die Menschen mußten sich sehr warm anziehen, um nicht zu frieren. Im Museumsdorf Cloppenburg wurde ermittelt, daß die Innentemperatur eines Rauchhauses nur 4 – 6 Grad höher war als die jeweilige Außentemperatur. Die Messungen wurden im Winter vorgenommen, im Hause standen 14 Rinder, der Dachboden war mit Heu vollgepackt. Trotz Wärmestrahlung des Feuers, Wärmeabgabe durch die Tiere, Wärmedämmung durch das Heu gefror in sehr kalter Nacht das Wasser in aufgestellten Schüsseln auf dem Flett. Schuld daran waren die dünnen Lehm-Außenwände, der nicht gegen Kälte isolierte Lehm- und Steinfußboden, die zugigen Türen und Fenster. Wen wundert es da, daß die Bewohner so häufig unter Rheuma litten?

Gewiß nicht angenehm war auch die Rauchbelästigung, die besonders stark war, wenn sogenannter »weißer Torf« verbrannt wurde oder versehentlich »Two«, Torfklumpen aus der salpeterhaltigen und deswegen beim Brennen übelriechenden untersten Schicht der Torfbank ins Feuer gelangt waren.

Brückenbau in Ottendorf
In einigem Abstand von den Bauernhäusern verlief in den Moordörfern
der Schiffgraben. Jenseits davon lag die sogenannte
Vorweide, nur über Brücken von den Höfen aus zu erreichen.
Diese »Postbrücken« mußten von den Moorbauern selbst gebaut werden;
der Staat zahlte ihnen dafür eine Prämie von 4 Talern nach Fertigstellung.
Die Lage von Eichenbohlen wurde mit Birkenreisig durchflochten.
Vereinzelt finden sich in den Moordörfern auch heute noch
ähnliche Holzbrücken.

Das Moorbauernhaus hinter
blühenden Obstbäumen.
Ein typisches Bild, denn seit etwa
1790 erhielten die Kolonisten
bei der Ansiedlung junge
Obstbäume aus der Plantage
in Herrenhausen.
Dies soll auf ausdrückliche
Anregung Findorffs
geschehen sein.
Wie wichtig diese Anpflanzung
genommen wurde, geht schon
daraus hervor, daß die Zahl der
Obstbäume auch in der
Statistik über die
Moorsiedlungen erschien.
Im Jahre 1800 wuchsen auf
den 1239 Hofstellen im
Teufelsmoor schon 4761
Obstbäume.

Der Aushub aus dem Schiffgraben wurde zu einem daneben entlangführenden Damm aufgeworfen, der in der Regel später zur Straße ausgebaut wurde.
Das Aufschütten des Dammes war von der Dorfgemeinschaft zu bewerkstelligen: jeder arbeitsfähige Mann mußte zupacken.

Kantig gebaute Torfmieten bestimmten weithin das Landschaftsbild des Teufelsmoores, bis der Torfhandel zu Ende ging. Torfgräberei und Torfverkauf waren über Generationen hinaus die Hauptbeschäftigung; was auf dem Moorhof außerdem getan werden mußte, konnte immer nur nebenbei geschehen.

Bild nächste Seite: Moorbauerngehöft im Teufelsmoor.
Das Haus mit dem tiefheruntergreifenden Strohdach liegt im Windschutz von Fichten, Kiefern und niedrigem Gesträuch. Der durchgetrocknete Torf ist auf der Hofstelle zu großen, glattwandigen Mieten aufgesetzt, dachförmig abgeplattet, damit das Regenwasser schnell ablaufen kann.

Buchweizen

Die Brandkultur gab Jan von Moor die Möglichkeit, schon in den ersten Jahren auf seiner neuen Stelle ohne zusätzliche Düngung einigen Ertrag aus dem noch unberührten Boden zu holen: Er säte Buchweizen in die Asche.

Vereinzelt ist diese kalkmeidende, 15 bis 60 cm große Pflanze noch heute an unseren Wegrändern zu finden. Sie hat einen rötlichen, wenig verzweigten Stengel; die untere Hälfte der Blätter ist gestielt. 3 bis 4 mm lang sind die rötlich-weißen Blüten, die Früchte sind 5 – 6 mm lang, dunkelbraun und dreikantig. Weil diese Früchte Bucheckern ähnlich sind, hat die Pflanze den Namen »Buchweizen« bekommen. Beheimatet war der Buchweizen, wie unser Roggen, in den Steppengebieten Asiens; er soll über Holland nach Mitteleuropa gekommen sein.

Durch pollenanalytische Untersuchungen wurde der Anbau von Buchweizen in der Umgebung des kleinen Moores bei Ihlpohl (zwischen Ritterhude und Lesum) schon für das 14. und 15. Jahrhundert nachgewiesen. Den Ansiedlern im Teufelsmoor mußten Buchweizenmehl und Buchweizengrütze über Jahre hinaus Roggen- und Weizenmehl weitgehend ersetzen.

Da die Pflanze besonders frostempfindlich ist, wurde Buchweizen in der Regel erst Ende Mai bis Mitte Juni gesät. Er wächst sehr schnell; schon im August und September kann Buchweizen geerntet werden. Da aber im Teufelsmoor noch Spätfröste bis Ende Mai auftreten können, Hagelschauer sofort ganze Felder vernichten, sind völlige Mißernten im Moor keine Seltenheit gewesen.

Der Buchweizen liefert ein graues Mehl oder Grütze. Aus Grütze gekochte Buchweizenklöße waren in den Anfängen der Moorkolonisation die tägliche Hauptmahlzeit. Sie galten als Leckerbissen, wenn den grauen Klößen sonntags Rosinen beigemischt wurden.

Abends tischte die Bäuerin Buchweizen-Pfannkuchen auf, die auch, abgekühlt und in ein Tuch gewickelt, als Proviant auf die Schiffsreise nach Bremen mitgenommen wurden.

Unter den nachfolgenden Rezepten verdient die »Buchweizen-Torte« ganz besondere Empfehlung; ein herzhaftes und sehr wohlschmeckendes Gebäck. – Alle Rezepte wurden mir freundlicherweise von den Firmen Bernhard Harries, Moordeich (Stuhr) und H. & J. Brüggen in Lübeck zur Verfügung gestellt. Diese Mühlenwerke liefern noch heute Buchweizenmehl und Buchweizengrütze. Buchweizen-Pfannkuchen wird – als besondere Delikatesse – von verschiedenen Gaststätten im Teufelsmoor den Gästen angeboten, als preiswertes, sehr sättigendes Mittag- oder Abendessen.

Angebaut wird der Buchweizen wegen der geringen Nachfrage hierzulande kaum noch; das Korn wird überwiegend aus Süd- und Nordamerika bezogen.

Speisezettel einer Moorbauernfamilie im 19. Jhdt., mitgeteilt aus dem Amt Zeven

Morgens: Kaffee und Butterbrot.
Vormittags: Buchweizenpfannkuchen.
Mittags: Fleisch, Kartoffeln und Buchweizenklöße, seltener Gemüse.
Nachmittags: Kaffee und Butterbrot.
Abends: Milchspeise, gebratene Kartoffeln und Buchweizenklöße.

Auf der Diele; aufgenommen in Bergedorf bei Worpswede

Rezepte

Buchweizentorte I

6 Eier
175 g Zucker
90 g Buchweizenmehl
1/2 Päckchen Backpulver
Füllung: 1 Glas Preiselbeeren, 1/2 Ltr. Sahne.

Die ganzen Eier schaumig schlagen, Zucker hinzu, schlagen, Buchweizenmehl und Backpulver – vermischt – hinzu, leicht unterheben. Backen. Der Boden wird 2 × durchgeschnitten. Zwischen die einzelnen Lagen gibt man Preiselbeeren, darüber eine Schicht steife Sahne. Man bestreicht die Torte mit Sahne und bestreut sie mit geraspelter Schokolade.

Buchweizentorte II

5 Eier
250 g Zucker
1 Eßlöffel lauwarmes Wasser
100 g Buchweizenmehl
2 Eßlöffel Mehl
1/2 Päckchen Backpulver

Eigelb, Zucker und Wasser schaumig rühren, Eiweiß zu Schnee schlagen. Buchweizenmehl, Mehl und Backpulver vermischen, zu dem anderen Teig geben und zuletzt den Eischnee unterziehen. Wie einen Bisquitteig backen, abkühlen lassen. Wie eine Torte füllen und garnieren (Fruchtschicht, Schlagsahne).

Buchweizengrütze

Pro Person 2 Eßlöffel Buchweizengrütze in 1/2 l Wasser mit einer Prise Salz etwa 1/4 Stunde bei kleinster Hitze unter mehrmaligem Umrühren gar kochen. Mit einem Stück Butter verfeinern und mit kalter Milch servieren, nach Geschmack auch zuckern.

Buchweizenpfannkuchen

Das Buchweizenmehl wird mit zimmerwarmem Wasser, einem Guß Kaffee oder Tee (nicht Milch), einer Prise Salz, zu einem dünnen Teig gut angerührt. Es ist zu empfehlen, den Teig bereits einige Stunden vor dem Backen anzurichten. Einige Scheiben Speck, etwas Schweineschmalz, Rüb- oder Backöl kann man durcheinander in der Pfanne anbraten und ausglühen lassen. Zum Backen muß das Feuer gut und gleichmäßig heiß sein. Sodann läßt man den Teig langsam in die heiße Pfanne laufen und backen. Je mehr Löcher im Pfannkuchen sind, desto schmackhafter und lockerer ist er geworden. Zu den Pfannkuchen wird Brot gegessen; köstlich dazu schmecken Apfelgelee, eingemachte Preiselbeeren oder auch jeder grüne Salat. Der Pfannkuchen kann sowohl warm als auch kalt gegessen werden.

Buchweizenmehl-Waffeln

2 Tassen Buchweizenmehl
2 Tassen Milch
1/3 Tasse geschmolzene Butter, Fett oder Öl
2 Eier

Man schütte alle Zutaten in eine Schüssel und rühre mit einem Schneebesen kräftig um, so daß der Teig sämig wird. Dann streiche man ihn auf ein heißes Waffeleisen und backe ihn.

Buchweizen-Klöße

1 1/4 Tasse Buchweizenmehl
1/2 Teel. Salz
1 geschlagenes Ei
1/2 Tasse Milch
2 Eßl. Fett

Mehl und Salz mischen, Ei und Milch hinzufügen. Leicht rühren, bis der Teig glatt ist, dann das Fett hineingießen. Die geformten Klöße legt man mit einem Eßlöffel in einen Schmortopf. Man deckt den Topf zu und läßt die Klöße 15 Minuten kochen. Den Deckel nicht vorher lüften, da sonst die Klöße nicht schmecken. Sofort servieren.

Moorbrennen

Ist das der Mai, der Wonnemonat? – Grün
ist freilich rings die Flur, und Blumen blühn,
doch nirgends tönt ein jubelnder Gesang.
Welch schwüle Stimmung lagert heute bang
in Flur und Wald. Der Himmel grau. Die Luft
so trüb und atembannend. Scharfer Duft
quillt mir entgegen. Weh, der Moorrauch zieht!

So heißt es in einem Gedicht von Friedrich Plettke, Sohn eines Landwirts, später Volksschullehrer im Geestemünde. Und gleich ihm haben es sicher viele Menschen so empfunden, wenn zwischen Hamme und Wümme die Moore brannten.

Das Moorbrennen wurde zuerst in Holland, in der Gegend von Groningen angewandt. Um 1700 breitete es sich über Ostfriesland auch im Teufelsmoor aus. Als erster Schritt zur Moorkultivierung hat es sich bis in unser Jahrhundert hinein erhalten; erst 1923 wurde das Moorbrennen in ganz Deutschland verboten.

So etwa gingen die Siedler im Teufelsmoor vor:
Zunächst wurde das in noch unberührtem Zustand daliegende Stück Moor durch kleine Gräben, 60 bis 90 cm breit und ca. 60 cm tief, in etwa 15 m breite Streifen aufgeteilt. Die Gräben, »Grüppen« genannt, entwässerten das Stück Moor oberflächlich. Das Moorwasser aus den Grüppen wurde in den breiteren Grenzgräben, »Scheden« (Grenzscheiden), aufgefangen und von dort in den Hauptgraben, den Moorkanal, abgeführt. Im Herbst lockerte und ebnete der Moorbauer die Oberflächen der Moorteile, nachdem er zunächst die Heide bis an die Wurzeln abgemäht oder sie in Stücken abgeplaggt hatte. Zum Durchtrocknen und Durchfrieren blieben der gelüftete Boden und die aufgestellten Heidplaggen bis zum Frühjahr liegen. In den ersten sonnigen Maitagen wurden die so vorbereiteten Moorteile mit Hilfe von Stroh oder Torf angezündet. Das Feuer breitete sich rasch über die ganze, durch die wasserführenden Gräben begrenzte Fläche aus. Dabei stieg dunkler, übelriechender Rauch auf, der dann kilometerweit, bei entsprechendem Wind sogar bis Bremen hinein zog und den Himmel verdunkelte.

Die im Herbst gelockerte Bodenkruste wurde im Frühjahr angezündet. In die Asche wurde Buchweizen gesät. Auf der mit Asche und Sand vermengten Weißtorfschicht konnte auch schon Roggen geerntet werden.

Abgebrannt wurde nur eine Schicht des zuoberst liegenden, sogenannten »Weißen« Torfs, wenn das Feuer aufmerksam gewartet wurde. Bei unsachgemäßer Vorbereitung der Moorstücke oder wenn man leichtfertig das Abbrennen sich selbst überließ, konnte es geschehen, daß es zu einem Tiefenbrand kam, der dann nur sehr schwer gelöscht werden konnte; oft flackerte das Feuer tagelang wieder auf.

Nach dem Abbrennen war das Moorstück von einer gleichmäßigen Schicht Asche bedeckt, in die nach dem Auskühlen Buchweizen eingesät werden konnte. Versuche, auch schon Roggen oder Hafer einzusäen, waren in der Regel nur dann erfolgreich, wenn die Asche mit Torfmull und vor allem Sand gründlich vermischt wurde. Ohne Sand hätte der oberflächlich schnell austrocknende Torf alle Feuchtigkeit abgegeben und das Saatkorn nicht zum Keimen kommen lassen.

Ohne die Brandkultur wäre die Kolonisierung des Teufelsmoores im 18. Jahrhundert kaum möglich gewesen. Wie sonst hätten die Neusiedler sich in den ersten Jahren überhaupt ernähren sollen? An Geld, Nahrungsmittel einzukaufen, fehlte es doch den allermeisten. Findorff schrieb in seinem »Moorkatechismus«: »Für einen Anfänger im Moore kann es keine glücklichere Erfindung geben, als daß er sofort eine Strecke Moors ohne den gewöhnlichen Stalldünger bestellen und davon ernten kann«.

Je nach Beschaffenheit des Moorteils konnte das Abbrennen wiederholt werden, bei besonders dicker Schicht von Weißem Torf bis zu zehnmal. Danach mußte das Land in herkömmlicher Weise mit Stallmist gedüngt werden; den Weißen Torf durfte der Moorbauer nicht restlos abbrennen, dann hätte er das Moor »totgebrannt«.

Aber es regte sich auch Widerstand gegen das Moorbrennen. Verdrossenheit und Ärger bereitete der Moorrauch, der ausgerechnet an den schönsten Frühlingstagen den Himmel überzog, die Luft »verpestete«. Es wurde behauptet, dieser stinkende Rauch sei für Menschen, Tiere und Pflanzen schädlich. Und es bildete sich eine Art »Bürgerinitiative«, der »Nordwestdeutsche Verein wider das Moorbrennen«. Diesem Verein ging es zunächst um die Einschränkung des Moorbrennens, im weiteren um Einführung anderer Kultivierungsmethoden. Aufgrund der Anregungen dieses und des »Naturwissenschaftlichen Vereins« wurde 1877 in Bremen die »Moorversuchsstation« gegründet. Die Erkenntnisse eines Justus Liebig auf dem Gebiet der Agrikulturchemie sollten auch im Moor Eingang finden: der »Kunstdünger« erübrigte nicht nur das Moorbrennen, sondern trug wesentlich dazu bei, die ärmliche Lage vieler Moorbauern zu bessern.

Mehr als einhundertfünfzig Jahre vergingen, bis aus ödem Moorboden ertragreiches Ackerland geworden war. Waren es vorher nur kleine Flächen, die der Moorkolonist durch Brandkultur und Abgraben der Torfschichten nutzbar machen konnte, so ermöglichte erst die künstliche Düngung (s. Seite 26 u. 27) eine großräumige Feldbestellung. Da lohnte es sich auch, Pferde zu halten.

Bild auf der nächsten Seite:
Entlang der größeren Wasserläufe hatte sich eine Reihe von Gastwirtschaften aufgetan. Hier konnte sich Jan von Moor an kalten Tagen aufwärmen oder nach anstrengendem stundenlangem Staken und Wriggen eine Rast einlegen, seinen Buchweizenpfannkuchen verzehren. Hier traf er sich mit seinesgleichen zu einem Klöhnschnack und erfuhr dabei das Neueste aus Stadt und Land. Als in den ersten Jahrzehnten der Moorbesiedlung die Fahrt nach Bremen wegen der noch nicht genügend ausgebauten Kanäle noch mehrere Tage dauerte, übernachteten die Moorbauern häufig in einem dafür mit Heu- und Strohsäcken hergerichteten Nebenzimmer der Wirtschaft – sofern sie es nicht vorzogen, in ihren »Sarg«, die Butze unter dem Vordeck ihres Schiffes, zu kriechen.

Der Ziehbrunnen auf der Hofstelle diente häufig auch dazu, die frischgemolkene Milch in den Kannen zu kühlen.

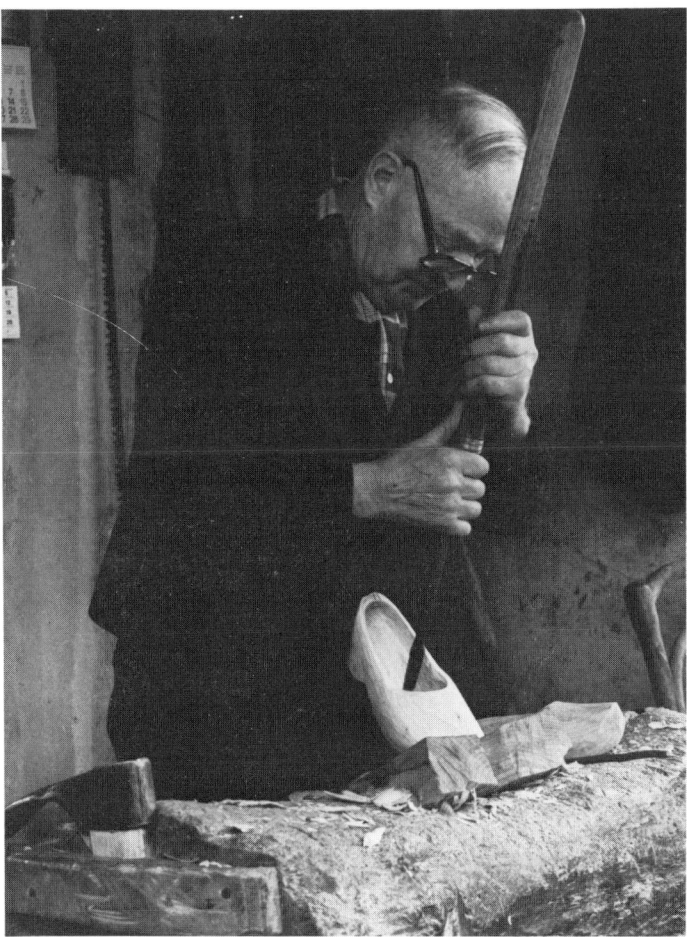

Holzschuhmacher beim Aushöhlen der Rohlinge.

Holzschuhmacher

Holzschuhe (»Hollschen«) und Holzschuhstiefel (mit langen Lederschäften) waren, und sind es gebietsweise auch heute noch, das typische bäuerliche Schuhzeug für Marsch und Moor: viel besser als Lederschuhe halten sie auf nassen Böden die Füße trocken und warm, insbesondere mit passend zugeschnittener Stroheinlage im Winter.

Holzschuhe werden aus Eschen-, Weiden-, Pappel- oder Birkenholz hergestellt. Der Holzschuhmacher sägt aus einem Holzstamm den Fußgrößen in etwa entsprechende Stücke heraus. Nachdem er die Rinde abgelöst hat, gibt er dem Schuh auf einem Holzblock zwischen den Knien die äußere Form. Mit einem Löffelbohrer und einem Hohleisen wird der Schuh ausgehöhlt und zum Schluß mit einem Zugeisen geglättet. Im Teufelsmoor wurden sie überwiegend aus Birkenholz gefertigt. Angenehmer zu tragen waren allerdings die deutlich leichteren und, wie gesagt wurde, auch weicheren Holzschuhe aus Erle, Weide oder Pappel. Das Gehen und Laufen in Holzschuhen muß man erst lernen, denn Holz gibt nicht nach und paßt sich dem Fuß nicht an. Um Druckschmerzen zu verhindern, wird über dem Spann ein Stück Leder (früher auch ein puscheliges Stück Schafsfell) befestigt. Holzschuhstiefel mit Lederschäften bis weit über das Knie hinauf brauchte Jan von Moor vor allem in der Torfkuhle. Für die Backtorfzubereitung hatten die Moorbauern Brettholzschuhe mit besonders breiter und völlig flacher Sohle. Und auch für die Pferde gab es Holzschuhe gegen das Einsakken ins weiche Moor. Für unbeschlagene Pferde war der Schuh bis auf die Holzsohle ganz aus Leder gefertigt. Beschlagene Pferde erhielten für verschiedene Hufgrößen verstellbare Schuhe mit einem Metallbügel zur Befestigung. Aber diese Fußbekleidung behinderte die Tiere auch beim Gehen; Riemen und Eisen verursachten oft schmerzhafte

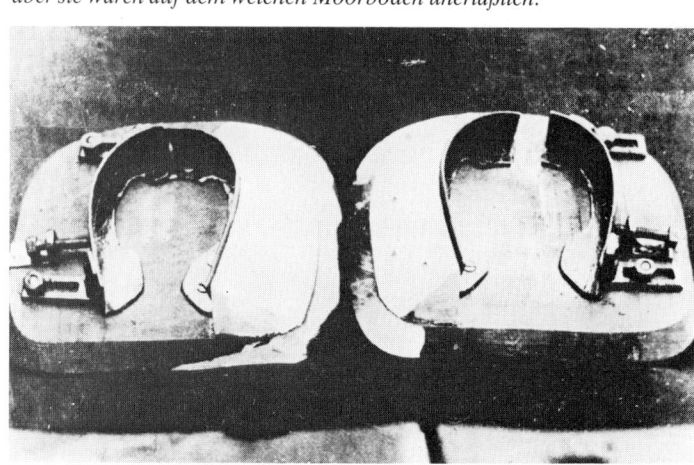

Pferdeschuhmacher vor seinem Laden

Das Tragen dieser unbequemen Stücke war für die Pferde oft eine Qual, aber sie waren auf dem weichen Moorboden unerläßlich.

Die äußere Form des Pferdeholzschuhs wird herausgearbeitet

Beim Anlegen der Pferdeholzschuhe.

Druckstellen, wenn sie nicht sorgfältig angepaßt und auf festem Boden sofort wieder ausgezogen wurde.

Die Anfertigung von Holzschuhen war im Teufelsmoor häufig nur eine Nebenbeschäftigung, Moorbauern auf kleinen Hofstellen, gelegentlich auch Lehrer verdienten sich damit ein Zubrot. Aber es gab auch – wie in Holland heute noch –

vollberufliche Holzschuhmacher. Und jeder entwickelte durchaus seinen eigenen »Stil«, der sich von anderen mehr oder minder deutlich unterschied. Die Holländer erkannte man an der etwas schlankeren und flacheren Form; die niedersächsischen waren insgesamt etwas klobiger und dicker und hatten das Schafsfell.

Ständiges Tragen von Holzschuhen läßt den Gang ein wenig unbeholfen, schwerfällig erscheinen. Auch das prägte Jan von Moor.

Beim Stellmacher

Beim Dorfschmied.

Der Besenbinder. Eigentlich kein Berufszweig, sondern in der Regel Nebenbeschäftigung für ältere Familienmitglieder oder Arbeit während der Winterzeit.

Beim Tischler

Der halbe Hunt

1951, einhundert Jahre nach Gründung der kleinen Torf-
schiffwerft in Schlußdorf, legte Hinrich Grotheer, Bootsbauer in dritter Generation, sein letztes Halbhunt-Schiff auf den
Helgen. 1954 wurde es an den Auftraggeber, den Bremer Senat, ausgeliefert, mit Überlandtransport, denn der Wasserweg, den die weitaus meisten der über sechshundert Schluß-
dorfer Torfschiffe zur Hamme und Wümme hinaus genommen hatten, Schiffgraben und Umbek, war nicht mehr zu befahren. Drei Jahre später starb der letzte Torfschiffbauer –
sechsundachtzigjährig.

*Bootsbauer Grotheer mit seiner Frau und seinen Enkelkindern aus
Schlußdorf*

Auch dieses letzte Schiff baute Hinrich Grotheer in genau
derselben Weise wie alle früheren, ohne Bauzeichnungen,
die Maße hatte er ja im Kopf; in derselben alten Fachwerk-
scheune, mit denselben uralten einfachen Werkzeugen, mit
denen schon sein Vater und Großvater Schiffe gebaut hatten.
Einzige Abweichung vom Herkömmlichen: die Planken für
das zehn Meter lange Schiff wurden nicht mehr mit der zwei-
händigen Zugsäge aus dem Eichenstamm herausgeschnitten,
diese allerschwerste Arbeit hatte schon vor Jahren ein Säge-
werk abgenommen.

Das letzte Torfschiff unterschied sich in nichts von allen seinen Vorgängern; sechshundertfach hatte sich die Konstruk-
tion im Teufelsmoor bewährt. Das Schiff war lang genug, daß
es gut lief. Es faßte fünfzig Körbe Backtorf, etwa sechs Kubikmeter [1 Hunt = 12 cbm (altes bremisches Maß 13,567
cbm)], damit lohnte sich die Bremenfahrt; und war doch nur
so breit, daß es auch enge Durchfahrten, Moorgräben mit ihren Schütten und Klappstauen, mühelos passieren konnte.
Die Torfladung vergrößerte den Tiefgang nicht wesentlich;
das war wichtig wegen des oft niedrigen Wasserstandes in den
Gräben. Sein flacher Boden ohne Kiel war so geformt, daß
das Schiff gut in der Strömung lag und leicht zu handhaben
war. Die Schiffsspanten wurden aus Eichen-Krummholz gebaut. Alle Planken mußten mit Holzdübeln verbunden werden, wie eh und je beim Bau von Holzschiffen üblich.
Stabil mußte das Torfschiff sein. Überzüge an einem Deich
durften ihm nichts anhaben, und ruhig sollte es im Wasser liegen: Wind und Wellen durften es nicht zum Krängen bringen,
wenn der Mast und das zehn Quadratmeter große, geteerte
Luggersegel gesetzt worden waren. Schwere Seitenschwerter
links und rechts hielten das Schiff auf Kurs, verhinderten, daß
es bei seitlichem Wind ans Ufer gedrückt wurde.
Wichtigstes Zubehör waren die drei- bis viereinhalb Meter langen »Staken«: schwere Holzstangen mit flach angesetztem
schmalem Ruderblatt. Sie wurden auch »Schieberuder« genannt, weil die Schiffe auf schmalen Gräben seitlich geschoben, oft gleichzeitig mit langem Hanftau vom »Leinpfad« aus
gezogen wurden. Rudern konnte Jan von Moor sein Torfschiff
nur, indem er den Staken zum »Wriggen« in die Delle am
Heckspiegel einlegte; Wriggen erforderte viel Kraft und Ge-
schicklichkeit. Fotos zeigen uns in der Regel nur segelnde
Torfschiffe auf der Hamme, mit dem gemächlich dasitzenden
Torfbauern am Steuerruder. Aber das war auf der Bremenfahrt bei den hierzulande vorherrschenden westlichen Winden
ganz sicher nicht die Regel, sondern das anstrengende Staken
gegen Wind und Wellenschlag.
Unterwegs übernachtete Jan von Moor auch in seinem Torfschiff. Unter dem Vordeck hatte der Bootsbauer ihm eine kleine Koje eingerichtet, sehr klein, damit nicht unnütz viel Laderaum für den Torf verloren ging; gerade genug Platz für einen
Strohsack zum Schlafen und einen winzigen Herd mit Ofen-
rohr durch das Vordeck, damit Jan die Erbsensuppe aufwärmen und den Roggenkaffee kochen konnte. Krumm legen
mußte er sich schon, wenn er schlafen wollte in seinem »Sarg«.
Dreihundert Reichsmark kostete im vorigen Jahrhundert ein
Halbhunt-Schiff – ein geringer Lohn für die viele harte Arbeit
des Bootsbauers und seiner Gehilfen, aber ein großer Betrag
für den Torfbauern, den er gewiß nicht jederzeit aufbringen
konnte. Deshalb scheute Jan keine Mühe, sein einmal erwor-
benes Schiff für viele Jahre in gutem Stand zu halten. Nur zum
Nachteeren und »Kalfatern«, Verstopfen der Fugen und Trok-
kenrisse mit Werg, wurde das Torfschiff für kurze Zeit an Land
gebracht; sonst blieb es bis zum Winter in seinem »Schiffsschauer« liegen, einem kurzen Grabenstück mit einem Über-
dach aus Reet oder Stroh. So war es am besten gegen das Aus-
trocknen durch Sonne und Wind geschützt.

Die Werkstatt des Bootsbauers Grotheer wurde vom Heimatverein Schlußdorf wiederhergerichtet und erfreut sich als »Torfschiffwerft-Museum« vieler Besucher.

Außer Halbhunt- und Huntschiffen entstanden in der Bootswerft auch kleinere Schiffe, wie hier der sog. »Entenjäger«.

Torfschiffer auf der Wörpe

Das Torfschiff mittlerer Größe, der »halbe Hunt« war das gebräuchlichste im Teufelsmoor. Es brachte nicht nur den Torf nach Bremen, es trug auch das Heu von den Wiesen zur Hofstelle, man fuhr darin zur Kirche auf der Warft im Sankt Jürgensland – an der Stützmauer sind noch heute die Ringe für das Festbinden der Schiffe zu sehen –, wenn im Winter die Hammewiesen überschwemmt waren; man holte mit seinem Schiff den Arzt ins Haus, wenn es not tat; und so mancher Moorbewohner hat im eigenen Torfschiff seine allerletzte Fahrt gemacht.

Das größere Schwesterschiff, der »ganze Hunt«, mit Laderaum für zwölf Kubikmeter Torf und deshalb schon recht unhandlich für den Verkehr auf den Schiffgräben, wurde gern für die mehrtägigen Fahrten bis nach Brake und Rechtenfleth an der Unterweser eingesetzt. Auf schwierig zu befahrenden kleinen Flüssen wie der Wörpe verkehrte bis zur Regulierung auch der »Viertel-Hunt«; das kleinere Fahrzeug war natürlich leichter über einen Deich zu ziehen, wenn Mühlenwehre umgangen werden mußten. Schließlich gab es noch den sehr wendigen kleinen »Entenjäger«, ähnlich dem »Flöz« der Aalfischer im Hadelner Sietland.

Als der Bremer Senat dem Bootsbauer Hinrich Grotheer den Auftrag zum Bau eines Halbhunt-Torfschiffes gab, ehrte er damit das Lebenswerk eines bescheidenen, fleißigen Mannes auf gute Weise. Nie würde jemand in diesem Schiff Torf transportieren; seit mehr als zwei Jahrzehnten war damals schon die Torfschiffahrt vorbei. Die meisten seiner Schiffe hatte ihr Erbauer selbst überlebt. Auf neugebauten Straßen brachten Pferdefuhrwerke die letzten Torfladungen in die Stadt. Vorbei war das mühselige Staken und Treideln auf den Schiffgräben mit den vielen Staustufen. In zuwachsenden Seitengräben ließ man Grotheersche Torfschiffe verrotten; andere wurden zu Feuerholz gemacht, zersägt, zerschlagen – man brauchte sie ja nicht mehr, und etliche hatten sicher ohnehin ausgedient. Das noch mitzuerleben, muß für ihn, der sie gebaut hatte, schmerzlich gewesen sein.

Wörpedorf-Grasberg. Bahnhofs-Restaurant von Heinr. Höhnken.

Von Bremen-Findorff durch einige Moordörfer bis Tarmstedt führte einst die Bahnstrecke von »Jan Reiners«. Am 4. Oktober 1900 startete die Lokomotive mit der Nummer 1 in Bremen-Parkallee über Haltestellen wie Horn, Borgfeld, Lilienthal, Falkenberg, Worphausen, Wörpedorf-Grasberg, Eickedorf, Tüschendorf nach Tarmstedt. Diese Schmalspurbahn wurde nach ihrem eifrigsten Befürworter, dem Ökonomierat Johann Reiners, benannt. Sie diente dem Personenverkehr und transportierte Getreide, Torf und vor allem Kunstdünger. – Die erste Niederlassung für Kunstdünger war in einem Schuppen am Tarmstedter Bahnhof. – Aus wirtschaftlichen Gründen wurde »Jan Reiners« 1956 stillgelegt. – Das um 1900 entstandene Bild zeigt »Jan Reiners« an der Haltestelle Wörpedorf-Grasberg mit der Lokomotive Nr. 1.

Hollandgänger

Wer in seiner nordwestdeutschen Heimat für sich allein oder seine Familie kein genügendes Einkommen fand, versuchte seinen Lebensunterhalt jenseits der Landesgrenzen aufzubessern. Er wurde »Hollandgänger«.

Die staatlichen Stellen sahen das »Hollandgehen« höchst ungern, da den Amtskassen auf diese Weise nicht wenige Taler an Einkünften verloren gingen. Und die Moorbauern verstanden es, ihrem Anliegen den nötigen Nachdruck zu verleihen, indem sie dem Amtmann androhten, »andernfalls nach Holland zu gehen«. Offenbar hatten sie damit guten Erfolg. Der Reiseschriftsteller und spätere Leiter der Bremer Stadtbibliothek Johann Georg Kohl, erzählt in seinen »Nordwestdeutschen Skizzen« davon:

» . . . In den Dörfern aller bezeichneten Striche thun sich im Frühjahr die arbeitslustigen Männer, die noch kein eigenes Besitzthum haben, die jungen Söhne der Bauern, zusammen, und beginnen ihre friedlichen Razzius in das lockende Niederland. Auch kleine Eigenthümer, schon besitzliche und verheirathete Leute schließen sich ihnen wohl an. Denn da in den Marschen andere Kulturen herrschen und die Hauptärndten früher fallen als auf den Haiden, so können sie nachdem sie ihre dürftigen Roggen- und Buchwaizen-Felder bestellt haben, die Hüthung derselben während des Sommers ihren Frauen und Kindern überlassen, und dann noch rechtzeitig zu der späteren Aerndte in der Heimath zurück sein. – Weil das guldenreiche Holland seit alten Zeiten ihr vornehmstes Ziel war, nennt man diese Leute gewöhnlich »Hollandsgänger«, hier und da auch »Frieslandsgänger« oder auch wohl kurzweg »Friesen«.

Es giebt veschiedene Gattungen dieser »Friesen«. Denn obgleich ursprünglich wohl nur das Gras- und Kornmähen sie ins

Leben rief, so haben sie doch in den aus lauter menschlicher Kunst und Arbeit hervorgegangenen Niederlanden noch so manche andere lohnenden Zweige der Thätigkeit gefunden. Man kann dort überall einen kräftigen Arm verwenden, beim Torfbaggern, beim Häuserbau, bei den Kanalgrabungen, bei der Anlage von Schleusen und sonstigen Wasserwerken . . .

. . . Waren alle Umstände günstig und das Jahr recht ergiebig, so eilen dann die Hollandsgänger, – meistens im Monat August zu ihren Haiden, die Taschen voll mit blanken holländischen Gulden, zurück. – Da sie sich hierbei eben so wie beim Auszuge zusammen schaaren, so langen sie in ihren Dörfern oft in ganzen Trupps, alle die Söhne des Orts, die im Frühlinge auszogen, auf ein Mal an, und da ist dann großer Jubel und Freude. – Den Ihrigen bringen sie mancherlei kleine Geschenke aus den Niederlanden mit und dazu auch einen hübschen Sparpfennig als Sorgenbrecher für den Winter. – Auch die Armen werden dabei nicht vergessen und gewöhnlich wandert einer der 60 oder 80 holländischen Gulden in die Armenbüchse. Dafür vergißt sie auch der fromme Pastor des Haidedorfs nicht. Er spricht am Sonntage öffentlich vor der Gemeinde dem lieben Gott seinen Dank dafür aus, daß er die Hollandsgänger gücklich zurückgeführt habe. Und eben so giebt er ihnen auch wiederum nächsten Frühling zur Zeit des Auszuges seine frommen Kanzelsprüche mit auf den Weg.

Die Südweder Mühle an der Semkenfahrt.
Auf ihrer Fahrt nach Bremen lieferten einige Moorbauern auch ihr Getreide an der Südweder Mühle ab. Sie ließen es dort mahlen und holten das Mehl auf der Rückfahrt wieder ab.

O. Reylaender, Worpswede.

Solange das neue Moordorf nur eine »Vorweide« für gemeinschaftliche Bewirtschaftung besaß, brauchte es einen Hirten, der die Kühe und Schafe hütete – und verhüten mußte, daß die Grenzen zur Gemarkung des Nachbardorfes nicht verletzt, insbesondere der ›Grenzdamm‹ vom Vieh nicht »zerpettet« wurde. In der Regel beauftragte das Dorf damit einen Jungen, der morgens die Tiere von den Hofstellen abholte und auf die Vorweide brachte. Als ›Hütelohn‹ erhielt der Dorfhirte bei den Moorbauern ›Reihetisch‹: In festgelegter Reihenfolge bekam er zu essen und zu trinken.
Als später auf Antrag der Moorbauern die Vorweiden aufgeteilt wurden, brauchte man keine Dorfhirten mehr.

Hauptberuf Schiffer – Arbeitsteilung in den Dörfern des Ostemoores

Schon im 17. Jahrhundert gab es staatliche Pläne zur Besiedlung dieses etwa 14000 Morgen großen Moorgebietes zwischen den Flüssen Oste und Mehe. Die damalige schwedische Herrschaft forderte 1690 ein Gutachten über die Möglichkeit zur Kultivierung an; ihr wurde mitgeteilt, daß »eben dieser Boden, wenn man ihn durch Sommerdeiche gegen die Fluth der Oste schützen werde, gleich Marschboden jedes Korn in üppigen Maß zu tragen im Stande sein werde«.

Zur Ausführung der Pläne kam es jedoch nicht. Erst 50 Jahre später, nachdem Hannover 1712 zur englischen Krone gekommen war, wurden sie wieder aufgegriffen. Aber die langwierigen Verhandlungen mit den Großgrundbesitzern, die selbst das größte Interesse daran hatten, zinspflichtige Bauern in »ihren« Moorgebieten anzusiedeln, verzögerten die staatliche Kolonisation erheblich. Schließlich standen 7263 Morgen für die neu zu gründenden Moordörfer Ostendorf, Mehedorf, Iselersheim, Neuendamm und Hönau zur Verfügung. Ostendorf und Lindorf kamen auf Moorgebieten der Großgrundbesitzer als private Siedlungen hinzu.

Um die neuen Siedlerstellen bewarben sich so viele Bauernsöhne, Knechte und Kätner, daß das Amt Bremervörde Auswahl hatte und sich von den bisherigen Dienstherren der Interessenten »Führungszeugnisse« vorlegen ließ.

Führungszeugnis über Johann Hinrich Weber. Auf geschehenes Ansuchen Johann Hinrich Weber zu Brest wird nach eingezogener Erkundigung von Amts wegen damit attestiert, daß auf vorerwähnten Johann Hinrich Webers Leben und Wandel während seines Aufenthaltes im hiesigen Amte nichts zu sagen gewesen. Harsefeld, den 14. Oktober 1772.

Wegen unterschiedlicher Güte des Moorbodens wurden den neuen Siedlern zwischen 53 und 78 Morgen Land zugewiesen. Nach 12 Freijahren hatten sie 10 Reichstaler zu zahlen, ein

Huhn oder 4 Schillinge und den Bienenzehnten abzuliefern. Bei den für den Anbau so günstigen Bedingungen kamen die Moorsiedlungen im Ostemoor, insbesondere Ostendorf, bald zu einigem Wohlstand. Ostendorf konnte sich als eines der ersten Moordörfer bereits vor 1785 ein eigenes Schulhaus bauen.

Torf wurde vor Beginn der staatlichen Kolonisation nur in den Randgebieten des Ostemoores und im wesentlichen nur für den Eigenbedarf und für die umliegenden Dörfer gestochen. Nach der Neubesiedlung änderte sich das rasch. Bald entwickelte sich auf der Oste ein reger Schiffsverkehr. Und dabei kam es hier zu einer Arbeitsteilung zwischen »Torfmacher« und »Torfschiffer«, die es in den Dörfern des Teufelsmoores nicht gab. Nachgeborene Bauernsöhne, ohne Erbansprüche an den väterlichen Hof, behielten für sich und ihre Familie Wohnrecht auf der Hofstelle und wurden im Hauptberuf Schiffer. Mit holländischen Tjalken, den »Torfewern«, beförderten sie eine wesentlich größere Menge Torf

als die Huntschiffe der Teufelsmoorer an die Elbe und nach Hamburg. Die Arbeitsteilung brachte für den Torfbauern außerordentlichen Zeitgewinn für die Kultivierung und Bewirtschaftung seiner Ländereien.

Aber es kamen auch Notzeiten an der Oste. Hatte der Fluß bei Hochwasser den Deich überspült und durchbrochen, so glich das Moordorf mit seinen Wiesen und Feldern einem See, und was in Jahren erarbeitet worden war, konnte durch solches Hochwasser in wenigen Tagen vernichtet sein.

Die Orte Ottendorf und Lindorf verdanken ihre Entstehung dem Gutsbesitzer Generalleutnant Otto Freiherr von Grote. Der Freiherr hatte nach langen Verhandlungen erreicht, daß seinem »Adeligen Gute Nieder-Ochtenhausen« größere Moorgebiete zugeschlagen wurden. Zur Steigerung seiner Einkünfte gründete er 1768 das nach ihm benannte Ottendorf und 1776 den nach einem kleinen Wald benannten Ort Lindorf. Die Verpflichtungen der Meier glichen den Verträgen in den staatlich gegründeten Kolonien.

In den Kolonistendörfern entlang der Oste entwickelte sich im Gegensatz zum Teufelsmoor eine Arbeitsteilung zwischen dem Torfbauern und dem Schiffer, der den Torf in die Stadt fuhr. Torfschiffer wurde hier zum Beruf, und den übernahm meistens ein Bauernsohn, der den väterlichen Hof nicht erben konnte, aber mit seiner Familie in einem Nebenhaus auf der Hofstelle lebte.

Diese Arbeitsteilung war für die Moorkultivierung von außerordentlichem Vorteil, da sich der Moorbauer viel stärker auf die Urbarmachung des Bodens und seine Landwirtschaft konzentrieren konnte. Die Abbildung zeigt sogenannte »Torfewer«, deren wesentlich größerer Laderaum sich für die weiteren Fahrten zur Elbe und nach Hamburg rentierte.

Der Dachdecker

Solange es den Moorbauern wegen der anfangs geringen Getreideernten noch an ausreichend Roggenstroh mangelte, wurden die Hausdächer mit hochgewachsener Heide gedeckt. In späterer Zeit ersetzte das widerstandsfähigere Reith- oder Reetdach das sehr anfällige und deshalb häufig ausbesserungsbedürftige Strohdach auf den Bauernhäusern.
Die Abbildung erläutert die Entstehung eines Strohdaches: Jeweils eine oder zwei Garben von beim Ausdreschen nicht gebrochenem Roggenstroh werden mit Strohseilen zu einem »Schow« zusammengefaßt. Beginnend an der Dachtraufe, packt der Dackdecker Schow für Schow auf das Lattengerüst. Jede neue Lage drückt er mit quer darüber gelegten »Schächten« (aufgeästeten schlanken Stämmen junger Fichten) und mit Hilfe gedrillter Weidenruten fest an die Dachlatten. Mit seinen »Klopfbrettern«, »Stopfbrettern« (zum Ausbessern schadhafter älterer Strohdächer) und dem »Deckmesser« (zum Abschneiden überstehender Halme) wird jede neue Strohschicht der vorherigen lückenlos angeglichen, so daß ein fester, das Regenwasser abweisender dicker Belag entsteht.
Der kurze, nur dreisprossige »Deckstuhl« gibt dem Dackdecker sicheren Halt auf dem glatten Stroh.
Besondere Sorgfalt erfordert der Dachfirst. Er wird mit Heidplaggen »gesteckt« – im Teufelsmoor verwendete man ausschließlich die schmiegsame Glockenheide –, damit der Sturm das Strohdach hier nicht aufreißen kann. Vorgesetzte Eichenbretter, die »Windfedern«, schützen die Ränder an der Giebelwand.

Ein Strohdach wird gedeckt. Auf dem Dach die kurze, dreistufige Leiter zum Festhaken. Daneben ein Bündel Weidenruten,
mit denen (b) die »Schächte«, junge Fichtenstämme, über
den ausgebreiteten »Schowen« (a) an den Dachlatten befestigt werden.
Windbretter an den Giebelseiten schützen die Strohdachkanten.

Glashütten

Dem Beispiel der Holländer folgend, plante auch die Rentkammer in Hannover die Anlage von Glashütten im Moor. Nachdem man zuerst Worpswede als Standort ausgesucht hatte, fiel 1752 die Wahl auf den Fahrenberg im Gnarrenburger Moor. Wegen Feuersgefahr wurden die acht Gebäude der Glashütte mit einem breiten Graben umgeben. Der bei dem Aushub angefallene Torf sollte als erstes Brennmaterial für die Glasbereitung dienen. Facharbeiter mußten in Mecklenburg angeworben werden. An heutigen Glasfabriken gemessen, war es nur eine kleine Hütte; 1764 beschäftigte sie 18 Facharbeiter.
Aber die Hoffnungen, die man auf dieses Projekt gesetzt hatte, erfüllten sich nicht. Der Torf entwickelte für das Glasschmelzen zu geringe Hitze. Man mußte ihn, ähnlich wie Holz, verkohlen. Die kreisrunden Gruben für die Herstellung der Torfkohle waren in unserem Jahrhundert noch erhalten.

Es trat noch eine weitere Schwierigkeit auf: Wegen der schlechten Verkehrswege wurden die Anlieferung der Rohstoffe und die Abfuhr der Glasprodukte zu einem Problem. Erst 25 Jahre nach Inbetriebnahme der Glashütte brachte der neue Oste-Hamme-Kanal mit einem Seitenarm zum Fahrenberg bessere Möglichkeiten für den Transport auf dem Wasserweg.

Aber die wirtschaftliche Lage der Hütte blieb so schwach, daß sie 1782 geschlossen wurde.

Interessant ist, daß trotz dieses Fehlschlags im 19. Jahrhundert in Gnarrenburg zwei neue Glashütten aufgemacht wurden: die »Karlshütte« 1857 und die »Marienhütte« 1864. Nachdem Hermann Lamprecht den Betrieb übernommen hatte, stellte die Marienhütte insbesondere Tropfgläser für Apotheken und Laboratorien her, die der Hüttenbesitzer sich hatte patentieren lassen. Heute ist die »Brilliantglashütte KG« in Gnarrenburg Produzent von Spezialgläsern.

Jan vom Moor.

Spökenkieker

Daß es mehr Dinge zwischen Himmel und Erde gibt, als der Mensch mit seinen fünf Sinnen zu fassen vermag und mit seinem kritischen Verstand für wahr halten will, darüber gab es bei den Moorleuten sicher keinen Zweifel. Der Schrei des Käuzchens vor einem erleuchteten Fenster sagte den Bewohnern den Tod im Hause an. Klagendes Geheul des Hofhundes zu ungewohnter Stunde, große Unruhe der Pferde im Stall wurden genau so gedeutet. Stillschweigend wurden im Hause alle Spiegel verhängt, wenn jemand gestorben war. Und mit den Füßen voran wurde die Leiche zur Tür hinausgetragen, damit der Verstorbene selbst Ruhe fand im Grab und sein Geist Ruhe gab denen, die um ihn trauerten.

Die Redensart »das Weib hat den Teufel im Leib« war durchaus wörtlich zu nehmen; Frauen mit dem »bösen Blick« sollen auch im Teufelsmoor gar nicht so selten gewesen sein. Noch in den sechziger Jahren gab es eine Anklage wegen angeblicher »Hexerei«. – Aber es gab auch Mittel und Wege, sich davor zu schützen. Damit die Milchkühe im Stall nicht erkrankten, sollte ein Kreuz ins Rückenfell geschnitten werden; das bannte den bösen Blick. Dasselbe Kreuz, dazu kreuzweises Ausmelken der Kuh, sollte auch davor bewahren, daß sich das Euter entzündete. – Ob hier der »Glaube« tatsächlich geholfen hat?

Auch »das zweite Gesicht« war in den Moordörfern nichts ungewöhnliches. Da gab es zum Beispiel die sogenannten »Feuerkieker«:

»Eines Abends kam ein Mann zur Familie meiner Großmutter, die damals noch ein Kind war, und sagte zu ihrem Vater: ›Hinnerk, nimm di in acht mit Füür!‹ Kurze Zeit später brannte das Nachbarhaus ab. Der Mann nahm meinen Großvater mit aufs Feld und sagte hier zu ihm: ›Szüh, dar brennt dat Huus, ick hewt seen, dat dat Huus brennde, dat is desülbe Richtung.‹«

Gruselgeschichten erzählte man sich im Teufelsmoor auch von den »Anhürschen«. Damit waren »einem bestimmten Haus anhaftende Geister, Spukgestalten« gemeint.

»In einem Haus in Neu Sankt Jürgen erschien nachts regelmäßig eine unbekannte Person. Die Erscheinung trat in die Kammer der Eheleute, ging an die Betten und murmelte etwas vor sich hin. Schon bevor die Erscheinung hereinkam, bemächtigte sich der Ehefrau eine spürbare Unruhe. Sie vermochte nicht, sich zu regen oder etwas zu sagen. Das Licht auf der Diele ging plötzlich an, und der Geist redete auf die im Bett liegenden Eheleute ein. Das Gesicht oder auch nur einzelne Gesichtszüge waren nicht zu erkennen. – Das ging so mehrere Nächte hindurch. Dann wurde es dem Ehemann schließlich zu viel: er sprang aus dem Bett und drang auf den Geist ein. Sofort verschwand die Erscheinung und wurde seitdem nicht mehr gesehen.«

Der Berichterstatter fügt hinzu, daß solche Spukerscheinungen wohl sehr oft mit bestimmten Personen zusammenhingen. Vielfach könnten es wohl »Jugendliche im Reifealter« gewesen sein, die als »Medium« diesen Spuk ausgelöst hätten. – Und die sich zu diesem Vorhaben Mutters Bettücher ausliehen, möchte man vielleicht ergänzen. Aber es wird uns versichert, daß »einmal die Klappe des Hundelochs, die ja draußen angebracht ist, nach dem Besuch des Geistes auf der Diele lag,« während sie normalerweise nicht durch das Loch geht, und daß »alle Türen und Fenster verschlossen waren«.

nach: Heimatbuch Neu St. Jürgen.

Die Wanderschule

In den ersten Jahrzehnten der Moorkolonisation kümmerten sich die staatlichen Stellen kaum um die Schulverhältnisse in den Moordörfern. Eine allgemeine Schulpflicht gab es noch nicht.

Wo im Kurhannoverschen ein Dorf einen Schullehrer einstellen wollte, mußte es ihm einen Lohn zahlen. Reiche Geestdörfer konnten es sich leisten, in den Moordörfern fehlte dafür das Geld. Die Kinder lernten in der Regel nicht mehr als das, was ihnen die Eltern zu Hause erzählten und der Pastor in der Kirche.

Erst als die Regierung bei der Bestellung eines Lehrers eine Beihilfe von 10 Talern zu zahlen versprach, regte sich das Interesse an Schulunterricht auch im Teufelsmoor; denn wesentlich mehr als diesen Betrag erhielt ein Schulmeister in damaliger Zeit ohnehin nicht.

Die ersten »Schulstuben« richteten die Bauern in einem ihrer Häuser ein – im Wechsel: nach ein paar Jahren zog die »Schule« in ein anderes Bauernhaus um. »Wanderschule« nannte man das. Die Schüler saßen auf einfachen Holzbänken ohne Lehne. Da es keine Tische gab, legten sie Schreibbretter auf die Knie.

Den Lehrer stellte die Gemeinde anfangs jedes Jahr neu ein – für den nächsten Winter, denn im Sommer konnte man auf die Arbeitskraft der Kinder nicht verzichten. Über den Lohn wurde verhandelt.

Wer Lehrer im Dorf werden wollte, brauchte dafür zwar keine Ausbildung, mußte aber ein kurzes Examen vor dem Pastor ablegen. Diese Prüfung beschränkte sich meistens auf die Feststellung der Bibelfestigkeit, das Aufsagen der 10 Gebote und des Kleinen Katechismus Martin Luthers. In der Anfangszeit wurde ein Bauer aus dem Dorfe zum Lehrer bestellt. Das konnte zu Schwierigkeiten führen.

Für jedes Schulkind mußten die Eltern eine festgesetzte Summe an den Lehrer zahlen; je mehr Kinder er unterrichtete, desto höher war sein Lohn. Um die Anzahl ihrer Schüler gab es deshalb oft Streit unter den Lehrern.

Lehrer, die ausschließlich von ihrem Unterrichten lebten, gab es nicht. Nebenbei waren sie Schneider oder Schuster, Holzschuhmacher oder Besenbinder. Deshalb war es auch gar nicht so selten, daß der Lehrer während seines Unterrichts Strümpfe strickte oder ein paar neue Holzschuhe machte. Sein Essen erhielt er von den Bauern reihum, den sogenannten »Reihetisch« – eine Regelung übrigens, die es im Niedersächsischen noch Anfang des 20. Jahrhunderts gab!

Da im Sommer keine Schule abgehalten wurde, arbeitete der Lehrer in diesen Monaten entweder ausschließlich in seinem »Zweitberuf« oder verdiente seinen Lebensunterhalt als Aushilfe bei der Ernte und beim Torfstich.

Hauptsächlicher Unterrichtsinhalt war die Unterweisung in der christlichen Lehre. Dazu mußte der Katechismus von den Kindern auswendig gelernt werden. Schulbücher waren die Bibel und das Gesangbuch. »Kopf- und Tafelrechnen« standen jeden Tag auf dem Stundenplan.

Für den Bau von Schulhäusern zahlte die Regierung einen Zuschuß von 100 Talern. Doch 1792, 40 Jahre nach Beginn der Moorkolonisation, gab es im Teufelsmoor erst 8 »richtige« Schulen. Erst im folgenden Jahrhundert besserten sich die Schulverhältnisse allmählich, aber noch 1883 heißt es in einem Bericht an den König, daß von 42 Schulmeistern, die gebraucht würden, erst 17 vorhanden seien.

Eine wesentliche Besserung der Schulverhältnisse trat erst nach 1815 ein, als die Lehrerseminare (z. B. in Bederkesa) für gut ausgebildete Lehrer sorgten. – Die Lehrergehälter besserten sich allerdings noch lange nicht. 1819 erhielt der Lehrer Hermann Müller in Tüschendorf jährlich 15 Reichstaler (1926 etwa 51 Reichsmark); 1834 bekam er 34 Reichstaler und 4 grt. Courant. Anmerkung: »kein Diensthaus, aber des Mittags einen Reihetisch, jedoch auf Ungewißheit«!

Aus den Tüschendorfer Schulakten

»Actum, d. 18ten abr. 1794. Heute erschienen Peter Poppen und Hinrich Burfeend als Vollmachten aus Tüschendorff, stellten Hinrich Wilhelm Tietjen aus Wörpedorff zum neuen Schulmeister Vor, und nachdem ich ihn examiniert und für tüchtig befand, machten jene beyden Vollmachten, mit dem Vater des neuen Schulmeisters Namens Harm Tietjen folgenden Accord

1. Jene beyden Vollmachten behaupteten, daß sie von dem ganzen Baurmahl abgesandt wären, und Verbürgten sich dafür mit ihrem Vermögen, und versprachen, daß alle inzigen Einwohner von Tüschendorf kommen, und diesen Contract mit unterschreiben sollen.

2. Sie wollen nemlich diesen Hinrich Wilhelm Tietjen zu ihren Schulmeister so lange annehmen und behalten, als bis seine Klage über ihn kömt, die aber gegründet ist, dem Schulmeister steht es frey auszusagen, wann er will.

3. Sie versprechen dem Schulmeister für seine Arbeit in den ersten drey Jahren, jährlich 12 Rtthl. Gold, das heißt Bremer Grotens, oder die Pistole zu 5 Rtthl. gerechnet zu geben. (Anmerkg.: d. Verf. 1 Pistole = 17,30 Mark, 1 Rtthl. = 3,46. Das Jahreseinkommen des ersten Tüschendorfer Lehrers betrug also 41 Mark und 52 Pf.) – Pastor verspricht den Tüschendorffern jedes Jahr ein und einen halben Thaler Grotens zu Hülfe zu verschaffen, und will noch überdem bey Königl. Cammer nachsuchen, ob sie den Tüschendorfern nicht etwas zu Hülfe geben will. Für seine Mühe erhält Pastor, auch wenn die Königl. Cammer Nichts hergeben will, 24 gr. (!!). Wenn diese drey ersten Jahre Verfloßen sind, so bezahlen die Tüschendorfer dem Schulmeister für jedes Kind in der Winter Schule 36 gr. und wenn auch einer 3 und mehrere Kinder hinschickt, so hält doch das 2te Kind daß 3te nicht frey. Der Schulmeister muß sich dagegen gefallen laßen, ob er viel oder wenige Kinder unterricht.

4. Dies Schulgeld muß höchstens in den ersten 14 Tagen nach Ostern an den Schulmeister bezahlet werden.

5. Für die Schulstube und Einheizen sorgen die Tüschendorfer. Essen, Trinken und Schlafen muß der Schulmeister selbst besorgen (!).« Hinrich Wilhelm Tityen (und 12 Unterschriften von Tüschendorfern, davon 6 durch ein Kreuz).

Das Unterstützungsgesuch an die Königl. Kammer in Hanno-

ver ist nicht ohne Erfolg geblieben. Das Aktenstück, das darüber Auskunft gibt, sei wegen seiner eigenartig anmutenden Ausdrucksweise und Satzbildung hier wiedergegeben.
»Post-Scriptum. Da auch, gute Freunde! auf euren Bericht vom 12ten Dec. d. J. in Gemäsheit Unsers P. S. 1. vom 12ten Nov. 1793 beliebt ist, dem Schulmeister in Tüschendorf zur Beihülfe auf die beyden Jahre vom 1ten Mei 1794 bis dahin 1796 jährlich fünf rthlr. zu bewilligen, so habt ihr solche dem Cämmerer Wahrendorff mittels dieses und einer von dem Empfänger auszustellenden und von dem indesmaligen Prediger zu Grasberg zu attestirenden Quittung aus den Amtsregister Ueberschuß besagter beiden Jahre als baar geliefert anzurechnen. Ut in Reser.
Hannover den 2ten März 1795.
Königl. Groß Brit. zur Thurf. Br. Lüneb Cammer verordnete Cammer-Präsident, Geheimte Rathe, Geheimte Cammer- auch Cammer-Rathe Kielmannegge.
An das Amt Ottersberg. Betr. Moor, Besonders das Schulwesen in den Möören.«

Schulstreik in Findorf

Im Jahre 1789 beschwerte sich der Schulmeister Garms aus Findorf darüber, daß man ihm die versprochenen Schulgelder nicht zahlte und ihm zumuten wollte, für die Königliche Beihilfe Schule zu halten. Man schloß ihm die Schulstube zu und behielt die Kinder zu Hause. Die Findorfer aber berichteten wörtlich:
»Wir führen die allerdringlichsten Klagen über das Betragen unseres Schulmeisters Luer Garms in Ansehung seines Unterrichts und seiner Schularbeit mit unseren Kindern, die wir doch herzlich gern wollen was lernen lassen; allein es ist mit ihm vergeblich und nicht bewandt, daß wir ihm unsere Kinder noch länger anvertrauen, denn wir haben viel Ärgernis deshalben, da derselbe zugleich ein Anbauer ist und des Morgens früh und des Abends spät auf seinem Anbau die schwere Arbeit verrichtet, so ist er des Tages bei den Kindern schläfrig, mithin die Kinder nicht recht aufwartet wie sich geziemend, und da uns das Wohl unserer Kinder am Herzen liegt, daß selbige sowohl im Christentum sowohl als im Rechnen und Schreiben nur einigermaßen unterrichtet würden. Als nun dieses nicht mit unserem Schulmeister geschehen kann, weil er im Rechnen unerfahren ist, auch den Kindern keine Schriften vorlieset noch vorlesen kann, wie solches doch oft nötig ist, daß die Kinder solche lesen lernen müssen, da unsere Kinder nicht mal den Morgen- und Abendsegen lesen können, daß wir Eltern viel Herzeleid davon haben: daher wir bewogen worden, unsere Kinder nach andern Schulen gehen zu lassen, welches aber für uns sehr mühsam und kostbar ist, zwei Schulmeister zu lohnen, da wir kaum das Seinige bezahlen können: auch wenn der Verrichtung bei seinem Hause hat, so läßt er seine Kinder (die eigenen) in der Schule, daß sie den unsrigen narren und vexieren, die doch auch Kinder sein wie unsere, mithin Kindische Anschläge und allerhand unnütze Hantierung machen, worüber dann Gelächter entstehet, und wenn er des fol-

genden Tags in die Schule kommt, so schlägt er die Kinder unordentlich, welches seine eigenen eher verdienen wie die unsrigen, und weil er die Kinder immer an die Köpfe schlägt, daß das Blut an den Haaren gelaufen ist, wovon die Kinder dumm werden. Wir haben ihm zu verstehen gegeben, daß er sich bessern sollte und die Kinder besser lernen wie bisher geschehen wäre, worauf er gesagt, wir sollten einen andern nehmen, der besser wäre wie er. Wir flehen das Amt an, uns behülflich zu sein, daß wir einen andern und besseren Schulmeister wie den gegenwärtigen baldmöglichst bekommen mögen. – Die Senbauern zu Findorf.«
Der Pastor Ernst August Sievert zu Kuhstedt attestierte auf Wunsch des Amtes:
»Der Wahrheit gemäß bezeuge ich hiermit, daß Luer Garms, Schulmeister zu Findorf, sich seit der Zeit meiner Aufsicht stets wohlverhalten und seine ihm obliegenden Pflichten auf das Sorgfältigste und Eifrigste beobachtet hat.«
Das tragische Spiel des Schulmeisterlebens, das beispielhaft die dunklen Hintergründe einer traurigen Zeit des Unwissens, der Lebensnot und der geistigen Stumpfheit beleuchtet, in seinem Kern aber durch diese Dokumente nicht erfaßt wird, hat einen kurzen, dramatisch unbelebten Schluß. Luer Garms hat 24 Winter in Heudorf im Kirchspiel Worpswede Schule gehalten. Der hochselige Pastor Telge hat ihn dort eingeführt und geschützt. 1790 meldet (Amtmann) Meyer: »Die Findorfer haben einen neuen Schulmeister erhalten. Er heißt Otto Blanken.«

Schulverhältnisse aus dem Jahre 1844

Das nachstehende Verzeichnis führt die im Jahre 1844 tätigen Lehrer einiger Dörfer namentlich auf. Gleichzeitig wird die Anzahl der Familien und die Anzahl der Schulkinder, sowie die Besoldung der Schulstellen genannt. Im jetzigen Kreis Osterholz war die höchst bezahlte Schulstelle Lesum mit 375 Reichstalern, während sich die Lehrer in Friedensheim oder Heudamm mit je 9 Reichstalern zufrieden geben mußten.

Osterholz: *Organist J. Weyer, 195 Kinder, 325 Familien, 275 Rth., Diensthaus.*
Ahrensfelde: *Lehrer H. Böttjer, 16 Kinder, 9 Familien, 13 Rth., Reihetisch.*
Neuenfelde: *Lehrer H. Böttjer, 16 Kinder, 9 Familien, 11 Rth., Reihetisch.*
Niederender Teufelsmoor: *Lehrer D. Böttjer, 34 Kinder, 18 Familien, 18 Rth.*
Mittel Teufelsmoor: *Lehrer C. Tietjen, 30 Kinder, 20 Familien, 16 Rth.*
Neu-St. Jürgen II: *Lehrer C. Renken, 30 Kinder, 31 Familien, 14 Rth., Reihetisch*
Lühninghausen: *Lehrer F. Helmken, 32 Kinder, 36 Familien, 17 Rth., Reihetisch.*
Mevenstedt: *Lehrer G. Wendelken, 28 Kinder, 12 Familien, 10 Rth., Reihetisch.*

Mooringen: *Lehrer L. Menken, 32 Kinder, 24 Familien, 12 Rth., Reihetisch.*
Neu-Mooringen: *Lehrer D. Murken, 29 Kinder, 14 Familien, 14 Rth.*
Ostendorf: *Lehrer G. Bunger, 57 Kinder, 32 Familien, 13 Rth.*
Ueberhamm I: *Lehrer C. Böttjer, 24 Kinder, 16 Familien, 14 Rth., Reihetisch.*
Ueberhamm II: *Lehrer Georg Ficken, 21 Kinder, 18 Familien, 15 Rth.*
Waakhausen: *Lehrer G. Bünger, 17 Kinder, 19 Familien, 20 Rth.*
Nordwede und Wörpedal: *Lehrer B. Bunger, 34 Kinder, 23 Familien, 15 Rth., Reihetisch.*
Südwede: *Lehrer J. D. Siem, 30 Kinder, 23 Familien, 15 Rth., Reihetisch.*
Westerwede: *Lehrer D. Menken, 45 Kinder, 21 Familien, 15 Rth., Reihetisch.*
Winkelmoor: *Lehrer H. Kück, 21 Kinder, 13 Familien, 18 Rth., Reihetisch.*
Oberender Teufelsmoor: *Lehrer G. Kück, 21 Kinder, 20 Familien, 24 Rth.*
Worpswede: *Draanist J. W. Schröder, 98 Kinder, 73 Familien, 180 Rth., Diensthaus, Garten, Wiesen, Acker.*

Quelle: Heimatbote der Osterholz-Scharmbecker Zeitung v. 10. 12. 1927.

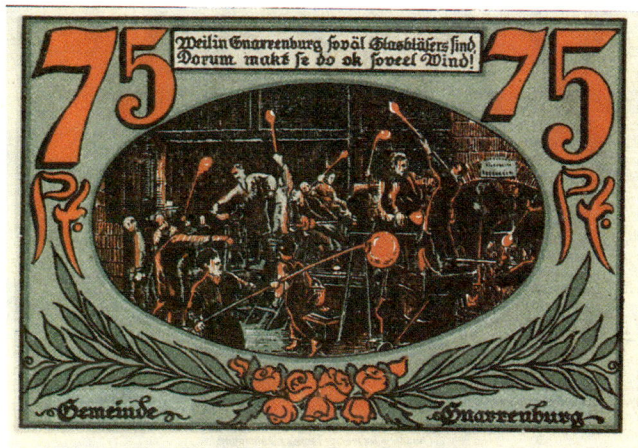

Notgeld der Gemeinde Gnarrenburg von 1921, gestaltet von dem Worpsweder Künstler Hermann Seekamp.
Bedeutung für Gnarrenburg hatte das Torfwerk, in dem der helle Torf zu Streutorf gemahlen und gepreßt wurde. Der zweite größere Betrieb war die Marienhüttte, die Glas herstellte. Der ursprüngliche Plan, eine Glashütte mit Torf zu heizen, hatte sich allerdings als wenig erfolgreich erwiesen.

Um 1900 wird es Mode, sich in Worpswede am Weyerberg zu »erholen«. Ganze Serien von Ansichtskarten wurden angeboten und sind auch heute noch ein gutes Geschäft. Heide und Moor waren Reizworte geworden. Ob Teufelsmoor oder Lüneburger Heide – was machte das schon für einen Unterschied!

Otto Modersohn, Frau beim Torfmachen (Backtorf, um 1895)

Es waren die Worpsweder Maler
am Ende des 19. Jahrhunderts,
die eine breite Öffentlichkeit auf
das Moor und seine Bewohner
aufmerksam machten.
Der wolkenreiche Himmel, der
sich in den Moorkanälen
spiegelte, die langen braunen
Torfkähne, die Moortümpel
mit dem weißen Wollgras,
die gelben Lehmwände der
Wohnhäuser und Scheunen,
die schwarzen Segel der
Torfkähne und die von ihrer
schweren Arbeit gezeichneten
Moorbauern waren Bildmotive
der Maler. Hier im Moor
schienen die Menschen noch
einfach zu sein, wirkte die Natur
noch unverbraucht.
Aus den sich aufblähenden
Großstädten, in denen die
schlimmen Auswirkungen eines
unkontrollierten Industrie-
wachstums immer deutlicher
wurden, waren die Künstler aufs
»freie Land« hinausgeflüchtet:
»zurück zur Natur«.
Und es gelang ihnen, den
»alten Worpswedern« wie auch
einigen Malern aus der
nachfolgenden jüngeren
Generation am Weyerberg, in
vielen, heute noch bewunderten
Bildern Wesentliches dieser
eigentümlichen Landschaft mit
ihren rasch wechselnden
Stimmungen einzufangen.
– »Heimatkunst« im besten
Sinne: unmißverständliches
Bekenntnis zum Ort des
Entstehens, dem heimatlichen
Raum; aber zugleich greift
die künstlerische Aussage weit
darüber hinaus.
Das macht die Werke der
Worpsweder Maler auch für
unsere Zeit bedeutsam.

Trauerzug im Moor, dargestellt von dem Worpsweder Maler und Schriftsteller Tetjus Tügel

»Worpswede, ein norddeutsches Moordorf mit einer kleinen Künstlerkolonie, und Paris – das waren die beiden Pole ihres gestaltenden Lebens. Paula Becker hatte sich, als sie den Landschaftsmaler Otto Modersohn heiratete, ausbedungen, ihren kleinen Arbeitsraum bei einem Kleinbauern im Moor beizubehalten. Das kleine Bauernhaus war von der Landstraße durch eine haushohe Weißdornhecke getrennt. Niemand suchte sie hier auf: das war wie eine stille Abmachung, wie eine tiefe Achtung, die man dieser Frau entgegenbrachte. Verließ Paula Modersohn-Becker ihren Arbeitsraum, so ging sie über die breite Viehdiele zum hinteren großen Haustor hinaus; vor ihr lag das weite flache Moorland mit dem smaragdgrünen Roggenstreifen des Kleinbauern. Dann wanderte sie an den dunklen Torfgruben entlang und war bald am Moordamm, der die Äcker trennte und der mit dem seitlichen Schiffgraben als Verkehrsader die Dörfer verband. Hier lag die Welt, in der sich ihre Kunst gestaltete. Hier lagen die Hütten der Häuslinge, die sich bei den Kleinbauern durch schwere Moorarbeit, durch Torfmachen ihr Wohnrecht abverdienen mußten. Die schornsteinlosen Hütten mit dem offenen Feuer im Vorplatz hatten nicht einmal Seitenwände. Zeltartig wuchs das bemooste, mit Birkenbäumchen bewachsene Dach über den Wohnraum. Vorn war die Tür, hinten das Fenster dieser primitiven Behausung; an dem sonnigen Moordamm hüteten die Kinder die Ziegen und spielten mit den Geschwistern. Katzen und Hunde gesellten sich zu ihnen. Paula lebte mit den Kindern, malte die liebgewonnenen kleinen Geschöpfe und ihr fantastisches Spiel. Dann malte sie die durchfurchten Gesichter der Bauern und der alten Frauen. Vor allem aber malte sie die Mütter mit den Jüngsten. Nie finden wir bei Paula Modersohn-Becker eine Spur von Elendsmalerei, und doch wühlt uns die erschütternde Kraft des Ausdrucks dieser Menschen auf. Wir sehen das naive Spiel der Kinder mit den Dingen der Natur, mit Bäumen, Blumen und Tieren, sehen alte Bauern und Armenhäusler, Mütter, die in ihrer primitiven Hingabe an das Kind für eine kurze Zeit die Schwere des Lebens vergessen: ungeweckt, fast hoffnungslos werden sie bald wieder mechanisch die schwere sechszinkige eiserne Moorhacke ergreifen, um den Acker, dessen weicher Boden den Pflug nicht trägt, umzureißen. Paula verstand diese Frauen und konnte Verstandenes übermitteln.«
Heinrich Vogeler über Paula Modersohn-Becker, 1938

Paula Modersohn-Becker, Alte Bäuerin (um 1900)

Hans am Ende, Feierabend, Radierung, nach 1895

Vom Landvermesser zum Moorkommissar: Jürgen Christian Findorff

Die Erstellung einer Karte von den »Mooren in den Ämtern Ottersberg, Lilienthal, Bremervörde« im Jahre 1753 war eine seiner ersten Tätigkeiten im Teufelsmoor – in der Nachfolge des verstorbenen Landmessers Omen. Sein Zeichentalent war schon deutlich geworden, als Jürgen noch im Elternhause zu Lauenburg lebte, dort in die Tischlerlehre ging, um später den Betrieb seines (früh verstorbenen) Vaters zu übernehmen. Schon als 19jähriger war er selbständiger »Freitischler«, hatte seine verwitwete Mutter und seine vier Geschwister zu versorgen.

Sein besonderes Interesse galt dem Schleusenbau. Als 1747 der kurhannoversche Oberlandbaumeister v. Bonn damit beauftragt wurde, die Frauenwerder Schleuse an der Stecknitz zu erneuern, zog er den 27jährigen Findorff für die Tischlerarbeiten heran. Die Begegnung mit diesem aufrechten Mann, der ihm ein väterlicher Freund wurde, sollte von großer Bedeutung für sein ganzes Leben werden. Von Bonn vermittelte ihm weitere Staatsaufträge; Findorff war beim Bau des Amtsschreiberhauses in Osterholz tätig, er leitete als »Conducteur« die Wasserbauarbeiten zu Harburg und Harsefeld, er vervollkommnete seine Kenntnisse in der Baukunst; v. Bonn machte ihn mit der Landvermessung vertraut und lehrte seinen Schüler, Risse und Karten fachgerecht zu zeichnen. Da der Oberlandbaumeister zu wesentlichen vorbereitenden Arbeiten für die Moorkolonisation herangezogen wurde, ist anzunehmen, daß er auch daran seinen tüchtigen Helfer beteiligte. Ganz sicher war Findorff mit dem großen Projekt vertraut, bevor er den Auftrag, die Karte im Teufelsmoor zu zeichnen, übernahm.

Findorff begleitet v. Bonn auf dessen Inspektionsreisen ins Teufelsmoor, beteiligt sich an Vermessungsarbeiten, nimmt an den schwierigen Grenzverhandlungen teil, bei denen sein Verhandlungsgeschick deutlich wird. 1756 wird ihm die Bauaufsicht für die Worpsweder Kirche übertragen, die unter seiner Leitung drei Jahre später fertiggestellt wird. Und mit diesem Bau hat er sich im Teufelsmoor einen Namen gemacht. Als die Amtmänner von Bremervörde, Otterstedt, Lilienthal und Osterholz zur Entlastung für alle Fragen der Moorbesiedlung von der Rentkammer einen hauptamtlich zu bestellenden Moorvogt fordern, kann die Wahl eigentlich nur auf Jürgen Christian Findorff fallen. 1760 gibt er seine nur einjährige Anstellung als Amtsvogt in Neuenkirchen auf und übersiedelt ins Teufelsmoor, in dem bis dahin schon eine Reihe neuer Moordörfer gegründet worden ist – als »Modell« für die Moorkolonisation im gesamtniedersächsischen Raum. Und der frühere Baumeister und Landvermesser wird zum allerseits hochgeschätzten Leiter sämtlicher Arbeiten, um die es bei der Kultivierung und Besiedlung der Moore im Regierungsbezirk Stade und darüber hinaus geht.

Jürgen-Christian Findorff (1720 – 1797) nach einem Gemälde von Bornemann, 1792

Auf den Moorkonferenzen, die jährlich wechselnd in einem der vier Moorämter stattfinden, hat Findorff ein gewichtiges Wort. Teilnehmer der Konferenzen sind leitende Beamte, Vertreter der Moorämter und des technischen Personals, aber auch Moorbauern als Gäste, die hier ihre Sorgen und Wünsche vortragen dürfen. Den Vorsitz führt ein Mitglied der hannoverschen Rentkammer – bis zu seinem Tode der Geheimbde Rat v. Bonn. Es werden Gutachten über die Entwicklung der einzelnen Dörfer besprochen, beabsichtigte Neugründungen beraten, allgemeine und lokale Schwierigkeiten eingehend erörtert. Findorffs besondere Aufgabe ist es, für jede geplante Neugründung die Pläne, dazu die Kosten- und Einnahmeberechnungen vorzulegen, so daß sie zur Genehmigung dem Königshaus in London eingereicht werden können. Und seine Ausführungen überzeugen, weil sie stets auf dem großen Schatz seiner praktischen Erfahrungen im Teufelsmoor fußen. Und das gerade zeichnet Jürgen Christian Findorff vor vielen anderen aus. Deshalb wird auch seine Kritik an staatlichen Maßnahmen, mit der er nicht zurückhält, stets ernst genommen. Wenn neue Siedlerstellen ausgewiesen werden, ist er, wenn irgend möglich, selbst am Ort; die Moorbauern rufen ihn, wenn Streitigkeiten zu schlichten sind, weil sie ihm vertrauen. Seine Ratschläge für die Bodenkultivierung nehmen sie an; im Ostemoor hat er sich eine Siedlerstelle zuweisen lassen, um Anbauversuche vorzunehmen.

Sein unermüdlicher Einsatz wird vom Staat erbärmlich schlecht gelohnt. Obwohl hauptamtlich angestellt, bekommt er kein Gehalt, sondern hat nur geringe Einnahmen aus sogenannten »Diäten«. Um seinen Lebensunterhalt bestreiten zu können, muß Findorff nebenbei viele andere Aufträge annehmen. 1771 wird der Vogt durch König Georg III. zum Moorkommissar ernannt, erhält ein Gnadengeschenk von 100 Reichstalern – und immer noch kein festes Jahresgehalt. Erst ein Gesuch der Rentkammer an den Hof, in dem die Befürchtung geäußert wird, der verdienstvolle Mann, »dessen Verlust für das Moor-Verbesserungs-Wesen fast unersetzlich sein würde«, könnte sich wegen seiner schlechten Finanzlage

anderweitiger Tätigkeit zuwenden, erreicht die Zusicherung eines Jahreseinkommens von 100 Reichstalern – 150 wurden beantragt. 1774 erhält er für ein Haus in Bremervörde einen Mietzuschuß von 50 Talern, vier Jahre später – Findorff ist 58 Jahre alt – darf er für seine Dienstfahrten einen eigenen Reisewagen benutzen, und ist jetzt endlich wirtschaftlich so gestellt, daß er sich völlig auf die Moorkultivierung konzentrieren kann.

Jürgen Christian Findorff stirbt am 3. Juli 1792 und wird auf schon ein Jahr vorher geäußerten Wunsch hin auf dem von ihm selbst angelegten Friedhof von Iselersheim beigesetzt; sein schlichtes Grab erinnert dort noch heute an ihn. Auf Betreiben seiner engsten Mitarbeiter wird ihm auf dem Worpsweder Findorff-Berg ein Denkmal errichtet. – Sein Nachfolger im Amt, der Wasserbaufachmann Claus Witte, war mit viel Erfolg bemüht, die Arbeiten Findorffs im Teufelsmoor nach dessen Plänen und in seinem Sinne fortzusetzen, als hauptamtlich besoldeter Moorkommissar.

Grabstelle von J. Chr. Findorff in Iselersheim

Das Findorff-Denkmal auf dem Weyerberg; ursprünglich aus Holz, später durch diesen Obelisken aus Stein ersetzt.

Ein Dorf hilft sich selbst
Aus »Jan Murken" von Dietrich Speckmann

In seinem Roman »Jan Murken« schildert Diedrich Speckmann, wie die Moorbauern seines Dorfes »Woltershausen« zu mehr Wasser in ihrem Schiffgraben kommen – auf nicht ganz rechtmäßige, aber sehr erfolgreiche Weise. Speckmanns lebendige Darstellung gibt guten Einblick in die Verhältnisse zu Beginn der Moorkolonisation.

Das System der Kanäle und Gräben wurde mehr und mehr ausgebaut, und es war nur eine Frage der Zeit, daß auch die weiter zurückliegenden Kolonien eine schiffbare Verbindung mit Bremen und der Weser haben würden.

Aber der Woltershäuser Hauptgraben litt, zumal in der trockenen Jahreszeit, bedenklich an Wassermangel. Das beförderte die Verschlammung und machte es einigermaßen zweifelhaft, ob je beladene Torfschiffe in ihm würden talwärts fahren können. Die Erscheinung erklärte sich daraus, daß der Graben, da die Kolonie am weitesten den Geesthöhen zu gelegen war, nur eine verhältnismäßig kleine Fläche zu entwässern hatte. Der breite Streifen Moorland, der, unmittelbar unter der Geest sich hinziehend, den Geestdörfern als Torfstich diente, war dazu nicht durch Gräben aufgeschlossen, so daß er wie ein Schwamm die Feuchtigkeit festhielt und sie im wesentlichen nur durch Verdunstung abgab.

Jan Murken dachte viel darüber nach, wie dem Übelstand abzuhelfen sei. Denn wenn in einigen Jahren, nachdem das Netz der Wasserstraßen vollendet war, Woltershausen nicht über einen schiffbaren Graben verfügte, war die unausbleibliche Folge, daß die Kolonie hinter den anderen zurückbleiben mußte. Da von der Woltershäuser Gerechtsame aus dem Übel nicht beizukommen war, machte er sich eines Tages auf den Weg, um die Moorländereien der Geestbauern einer Untersuchung zu unterziehen. Als er die sich scharf abzeichnende Grenze zwischen Geest und Moor entlang schritt, entdeckte er am Fuß des sogenannten Hahnenbergs eine ziemlich lebhafte Quelle, eine sogenannte »Wasserlöse«, deren Wasser in dem wüstliegenden Geestmoor ungenützt versickerte. Wenn die durch einen Graben mit dem Woltershäuser Hauptgraben Verbindung erhielte, sagte er sich, könne es diesem an Wasser nicht fehlen und wäre der Kolonie geholfen.

Da er über die Zugehörigkeit der Quelle im Ungewissen war, erkundigte er sich bei einem in der Nähe arbeitenden Knecht und erfuhr, daß sie zwar hart an der Güllstedter Grenze liege, aber noch Eigentum der Tockenstedter Bauern sei. Es würde also auch der Verbindungsgraben durch Tockenstedter Gebiet laufen müssen, und er hätte sich wegen eines solchen mit dem Tockenstedter Bauermeister, seinem alten Freund Kord Seekamp, ins Benehmen zu setzen. Daß der ihm höhnisch lachend die Tür weisen würde, unterlag keinem Zweifel. Die einzige Möglichkeit, die den Erfolg nicht von vornherein ausschloß, schien zu sein, den alten Schulmeister Klaus Nebelung von dem Nutzen der Ableitung jener Wasser für das Tockenstedter Moor zu überzeugen und ihn zu bitten, daß er die Sache unter diesem Gesichtspunkt im Bauermal vorbringe. Viel-

Torfschiff vor dem Schiffsschauer. Eigens für den Fotografen wurde auf dem schmalen Schiffgraben vor der Brücke das Segel gesetzt.

leicht konnte er ja auch andeuten, daß das Auswerfen des Grabens am Ende die Moorleute übernehmen würden, da sie mit derlei Arbeiten besser vertraut seien als die auf der Geest.

Jan begab sich, da er nun einmal in der Nähe war, unverzüglich nach Tockenstedt, und es gelang ihm ohne viel Mühe, Klaus Nebelung auf seine Seite zu bringen. Dieser versprach, die Angelegenheit dem nächsten Bauermal vorzutragen und schnellstens Nachricht zu geben.

Einige Wochen später erschien er in Woltershausen und bedauerte, nichts ausgerichtet zu haben. Die Bauern hätten gemeint, das Wasser sei da im Moor immer versickert und habe Zeit genug, das fernerhin zu tun. Wenn man so'n Wasser einmal weggegeben habe, sei man's los. Und wahrscheinlich wür-

de mit der Entwässerung das Moor eines Tages so zähe, daß man überhaupt keinen Torf mehr stechen könne. Jan lachte über soviel Dickköpfigkeit und Dummheit, und der Schulmeister stimmte ein, aber das änderte nichts an der Tatsache, daß von den Tockenstedter Bauern in dieser Angelegenheit ein Entgegenkommen nicht zu erwarten war.

Was nun? Daß die Verbindung mit der Wasserlöse für Woltershausen und einige dem gleichen Graben anliegende Nachbarkolonien eine Lebensfrage bedeutete, wurde dem weitschauenden jungen Moorbauern immer gewisser. Aber wie sie gewinnen? Sollte er mit Freund Amtmann darüber sprechen? Oder Vater Findorff die Sache vortragen? Oder eine Eingabe bei der Regierung machen? Ach nein, das alles führte zu weit-

läufigen Untersuchungen und endlosen Schreibereien, und es schien von vornherein zweifelhaft, ob irgendeine Macht der Welt die Geestbauern würde zwingen können, auf ihr Wasser zu verzichten, wenn sie sich einmal in den Kopf gesetzt hatten, es zu behalten.

Ach was, sagte Jan zu sich selbst, hilf dir selbst, so hilft dir Gott.

Er lud für einen Sonntagnachmittag eine Anzahl zuverlässiger Männer aus Woltershausen und den interessierten Kolonien in sein Haus. Um was es sich handle, sagte er, könne er ihnen erst verraten, wenn er sie alle beieinander habe. Es sei etwas sehr Wichtiges und gehe alle gleichermaßen an . . .

Die Geladenen stellten sich pünktlich und vollzählig ein.

Nachdem Jan ihnen die Wichtigkeit der Wasserlöse-Frage dargelegt hatte, berichtete er, welche Schritte er in der Angelegenheit bereits getan hätte, daß sie aber ergebnislos geblieben seien.

»Was soll nun werden?« fragte er dann. Ein allgemeines Achselzucken war die Antwort.

»Dennso will ich euch erzählen,« fuhr er fort, »was ich mir neulich nachts auf dem Bett für einen Plan ausgeheckt habe. Wir gehen heimlich bei und stehlen uns die Wasserlöse.«

Erschrocken und erstaunt waren alle Blicke auf ihn gerichtet.

»Das machen wir so: wir bieten soviel Leute auf, wie wir können, suchen eine Jahreszeit aus, wo von den Geestkerls keiner was im Moor zu suchen hat, werfen in ein paar mondhellen Nächten den Graben aus, und das Wasser der Löse ist unser.«

»Hm,« machte einer mit bedenklichem Gesicht, »das lassen die Geestkerls sich man bloß nicht gefallen. Es ist gewiß, daß sie uns verklagen werden.«

»Wen denn?« fragte Jan listig. »Meinst du, wir stellen bei der Wasserlöse eine Tafel auf, von der sie unsere Namen ablesen können?«

Heiterkeit. Irgendwo klatschte eine Hand auf ein Hosenbein. Man begann sich für den Plan zu erwärmen.

»Ich glaube man bloß,« ließ sich ein anderer vernehmen, »die Geestkerls schmeißen uns den Graben wieder zu«.

»Das glaub' ich nun und nimmer,« sagte Jan zuversichtlich, »denn dafür sind die Kerls viel zu faul. Ich bin ja selbst von Tockenstedt gebürtig. Wir waren jedesmal froh, wenn wir unseren Torf heraus hatten und dem Moor den Rücken zudrehen konnten. Und wenn sie, was ich nicht glaube, eine kurze Strecke zuwerfen sollten, so machen wir die in einer der nächsten Nächte wieder auf. Dann muß es sich eben ausweisen, wer es am längsten aushält, wir, die wir das Wasser brauchen wie das tägliche Brot, oder sie, die im Grunde froh sein können, wenn sie es los sind, weil sie dann beim Torfstechen nicht immer bis an die Knie im Dreck zu stehn brauchen.«

Jans Plan fand nunmehr allseitige Zustimmung, die von Minute zu Minute lebhafter und wärmer wurde. Es war mal eine Abwechslung in dem Einerlei des einförmigen Moorlebens. Was für ein Spaß, den schwerfälligen Geestkerls, die so stolz auf das Moor herabsahen, einmal solchen Streich zu spielen! Daß das Unternehmen nur nächtlicherweise ausgeführt werden mußte, erhöhte seinen Reiz. Die Augen der jüngeren Leute leuchteten von Tatenlust.

»Es wird euch wohl allen klar sein,« nahm der Anstifter wieder das Wort, »daß wir ganz mächtig vorsichtig zu Werke gehen müssen. Hier im Moor gibt es Leute, die in ihrer neuen Heimat nicht recht warm geworden sind und mit dem Herzen noch immer an der Geest hängen. Wenn von dieser Sorte einer von unserem Vorhaben Wind kriegte, wäre es leicht möglich, daß er uns an die Geestkerls verriete. Dann gäbe es an der Wasserlöse und im Tockenstedter Moor eine barbarische Prügelei und blutige Köpfe, aber das Wasser kriegten wir nicht. Nennt mir mal Leute aus unsern Dörfern, auf die unbedingt Verlaß ist. Ich schreib mir die Namen gleich ein bißchen auf.«

Es wurden Namen genannt, und Jan brachte sie zu Papier. Als einmal aus der Versammlung Bedenken laut wurden, sagte

Jan: „Wenn der Mann nicht ganz sicher ist, verzichten wir lieber auf ihn. Besser zehn Mann weniger, als einen einzigen dazwischen, der den Baum auf beiden Schultern trägt.«

Als die Vorschläge verstummten, zählte er siebenundvierzig Namen. »Zu aller Vorsicht,« sagte er, »will ich sie noch einmal vorlesen. Paßt genau auf, daß kein Unsicherer durchschlüpft.«

»Man kann ja keinem Menschen ins Herz kucken,« meinte nach der Verlesung der alte Jürn Ahrens, der von den Anwesenden am längsten Moorwasser trank, »aber dafür möchte ich wohl garantieren, daß unter diesen kein Judas mang ist. Es sind alles rechte und echte Moorleute.« . . .

Als beim verabredeten Stelldichein die Männer vollzählig versammelt waren, alle in ungefügen Holzschuhstiefeln – die Füße Holz, die Schäfte Rindsleder –, zeigte Jan ihnen fern über dem Moore einen alten Eichbaum mit mächtiger Krone. »Der steht dreihundert Schritt hinter der Wasserlöse,« sagte er. »Wenn unser Graben schnurgerade auf ihn zu läuft, macht er keinen Umweg.« Schnell hatte er er eine Leine gezogen und die Männer so verteilt, daß jeder zunächst fünf Schritt Graben auszuheben hatte, und stumm machten sie sich an die Arbeit. Da jeder bestrebt war, mit dem ihm zugewiesenen Stück als der erste fertig zu werden, ging das Werk munter voran. Vertrauteres gab es für diese Moorleute nicht als das Ausheben solcher Gräben, auf dem im Grunde ja die ganze Zukunft ihres Landes beruhte.

Als der Morgen heraufdämmerte, stellte Jan mit Genugtuung fest, daß man, wenn man so weiter mache, es bequem in drei Nächten schaffen werde. Einem Jungen, den er herbestellt hatte, übergab er für den Tag die Überwachung des Werks. Es war ein sechzehnjähriges, verschlagenes Bürschchen mit den pfiffigsten Augen von der Welt. Jan schärfte ihm ein, er dürfe um alles keinen Geestkerl an den Graben heranlassen. Wenn zufällig einer in die Nähe käme, müsse er ihn auf irgendeine Weise ablenken.

Als die Männer am Abend sich wieder einstellten, erzählte der Junge, ein Tockenstedter Jäger sei auf der Spur eines Hasen gerade auf den Graben zugekommen, er habe ihn aber früh genug abgefangen und ihm vorgeschwindelt, der Hase habe einen Haken nach rechts geschlagen. Da habe der Mann ebenfalls den Haken gemacht, er selbst aber sich den Hasen gelangt, der in den Graben geraten sei, ihn totgeschlagen, und seine Mutter werde sich freuen, daß sie einmal Hasenfleisch auf den Tisch bringen könne. Grinsend zog er mit seiner Beute ab, nachdem er das Versprechen gegeben hatte, am nächsten Morgen die Wache aufs neue zu übernehmen.

Auch die Arbeit der zweiten Nacht verlief ohne Störung. –

Den abends an ihr Werk zurückkehrenden Männern hatte der Tagwächter ein neues Abenteuer zu berichten.

»Gegen Mittag kommt ein altes Weib beim Moosbeerensuchen hier in die Nähe. Ich pack mich an den Kopf und simelier: Wie kriegst du die weg? Hm, die Geestleute schnacken gern vom Teufelsmoor. Spiel den Leibhaftigen, dann wird sie wohl Beine machen. Mit ganz tiefer Stimme dröhne ich aus meinem Versteck ihr durch die hohlen Hände zu: ›Menschenskind, was suchst du hier in meinem Moor?‹ ›Bloß ein paar Moosbeeren‹, bebbert sie. ›Die Moosbeeren gehören mir – mir – mir –, denn

ich bin der Teu – Teu – Teufel. Du mußt mit mir in die Hö – Hö – Hö – Hölle!‹ ›Ach liebster, bester Herr Teufel, laßt doch Gnade für Recht ergehen, gönnt mir noch ein einziges Jahr, daß ich meine Sünden bereue!‹ – ›Ich will gnädig sein, weil du es bist, aber schwöre mir bei meiner Großmutter, daß du mir diese ganze Woche durch nicht eine einzige Moosbeere stehlen willst.‹ – ›Ich schwöre, ich schwöre!‹ – ›Und nun mach, daß du mir aus den Augen kommst, sonst! . . .‹ Haha, wie die nach Hause finden konnte! Und hier sind ihre Moosbeeren. Die bringt der Teufel seiner Großmutter mit.«

Unter dem Gelächter der Männer trollte das Teufelchen ab, nicht ohne ein Gestänklein zu hinterlassen.

Die Nähe der Wasserlöse machte sich bei der Arbeit bereits unangenehm bemerkbar. Die Torfmasse löste sich nur unter Quacken, das braune Wasser quirlte den Leuten um die Füße. Es mußte schon einer ganz dichte und sehr gut geschmierte Stiefel haben, wenn er die Füße halbwegs trocken behalten wollte.

Gegen drei Uhr morgens wurden die letzten Spatenstiche getan, und das Wasser der Löse ergoß sich ungehindert in die ihm gegrabene Rinne. Hurra! rief Jan und stieß seinen Spaten in die Erde.

Die Männer, die nach der ersten Hälfte dieser Arbeitsnächte einen kräftigen Imbiß einzunehmen pflegten, hatten heute bis zur Vollendung des Werks damit gewartet. Sie setzten sich im Halbkreis um die Wasserlöse und fingen an zu schmausen. Mit Vergnügen sahen sie auf das silberne Fließen, das sich langsam in der Richtung auf ihre Kolonien fortsetzte. Jan hatte im Stillen dafür gesorgt, daß einige Flaschen Branntwein zur Stelle waren. So wenig davon auf den einzelnen kam, so trug der Umtrunk doch dazu bei, die frohe, ausgelassene Stimmung zu erhöhen.

»Ich möchte bloß dabei sein,« sagte jemand, »wenn der Tok-kenstedter Bauermeister den Graben zu sehen kriegt. Ob er's übersteht?«

»Er ist so'n richtiger schlauer alter Geestfuchs,« meinte ein anderer, »daß wir den ins Eisen gekrigt haben, freut mich noch drei Tage nach meinem Tode.«

»Wenn diese Geschichte sich herumspricht«, nahm ein dritter das Wort, »werden wir noch im ganzen Moor berühmt. Vor allen natürlich unser Jan, der sie in seinem krausen Kopf ausgeheckt hat.»

»Kinder, Kinder,« rief Jan erschrocken, »nun macht mich bloß nicht berühmt! Ich habe wahrhaftig keine Lust, für diesen schönen Spaß noch zu brummen.«

»Nee, nee,« meldete sich ein alter Knabe, »es ist viel besser, die Menschheit bildet sich ein, der Teufel hat diesen Graben geschossen. Dann werden die Tockenstedter es so leicht nicht wagen, ihn wieder zuzuschmeißen. Na, die alte Frau wird diesen Glauben wohl schon tüchtig verbreiten. Aber können wir nicht auch was dazu tun? Hat zufällig keiner einen alten Kuhschwanz bei sich? Wenn wir so einen hier irgendwo anbrächten, glauben die Geestkerls sicher, der Teufel hätte bei der sauren Arbeit einen Büschel Haare aus seinem Schwanz verloren.«

Ein Kuhschwanz war leider nicht da, aber einige jüngere Männer machten aus Bindfadenenden, die aus den Taschen zum Vorschein kamen, etwas zurecht, in dem Teuflisches zu erkennen allerdings ein starker Teufelsglaube vonnöten war. Auch formten sie in dem feuchten Sand um die Wasserlöse Spuren, die eine sehr erregte Phantasie allenfalls für Abdrücke eines riesigen Pferdehufs nehmen konnten.

So gab es allerhand Scherz und Kurzweil, bis die Männer nach der von so schönem Erfolg gekrönten Arbeit dreier Nächte ihren Hütten und Häusern zutrappten. – . . .

Bild nächste Seite: Altes Zollhaus an der Wümme (vor dem Zollanschluß Bremens)

Worpswede-Grasberg.   Kirche und Schule in Grasberg.

Phot. u. Verlag v. Heinr. F. Holtmann, Bremen. No. 2. Serie 2.

Gedicht des Hochzeitsbitters

Die Einladung zu einer Hochzeit besorgt der nächste männliche Verwandte der Braut, der von Haus zu Haus geht und meist das ganze Dorf zu dem Fest einlädt. Der Hochzeitsbitter spricht, begleitet durch entsprechende Mienen und Bewegungen, vor jeder Tür etwa folgendes Gedicht:

Goden Dag!
Goden Dag!
Hier komm ich hergeschritten
Und nicht geritten;
Ich wollt euch wohl zu der Hochzeit bitten.
Hier hat mich hergesandt
Der Bräutigam und die Braut,
Die sich haben mit einander vertraut.
Sie lassen euch freundlich grüßen und bitten,
Wie ich's habe vernommen,
Sollt ihr den Freitag zu ihnen kommen.
Erstens sollen gebeten sein der Herr und die Frau,
Zweitens eure Söhne und Töchter,
Drittens eure Knechte und Mägde,
Die sollen auch nicht sein träge.
Sie sollen sich fein schmücken und zieren,
Haare krausen und Stiefel schmieren,
Damit sie können mit dem Bräutigam und der Braut
Einen Weg über das Feld spazieren.
Die jungen Mädchen sollen haben
Haare lang,
Bussen blank,
Buk rund,
Vorschorten klor
Kiepsack swor,

Schoh swart,
Spangen blank.
Ok nicht allto glatt,
Damit der Bräutigam und die Braut
Noch haben etwas voraus.
Alsdann sollt ihr haben,
Schaffer und Schenker,
Stühle und Bänke,
Teller und Tisch,
Peper und Fisch,
Semp und Sur,
Das verdirbt keine Natur.
Pipen und Taback
So lang as min Stock.
Krieg ji'n Glas Wien,
Dat wö ji woll sehn.
Meidet dabei allen Hader und Streit,
Lebet in lauter Lust und Freud.
An meine schlechte Bitte und Lehre
Sollt ihr euch nicht stoßen noch kehren;
Wenn ich mal wieder einkehre,
Will ich es besser wissen und lehren.
Gestern Abend, da ich wollte studiren,
Thäten mich die schönen Jungfrauen verführen;
Da habe ich die ganze Nacht bei gesessen
Und mein Studiren ganz vergessen.
Hätt' ich mich gestern Abend recht bedacht,
So hätt' ich es heute viel besser gemacht.
Meine Rede ist aus.
Ich habe gebeten das ganze Haus.
Jung und Alt, Groß und Klein,
Sollen Alle von mir gegrüßet sein.
Nu stellt jo man in
Und segt nich, dat ick'r nich wesen bin.

Heinrich Schriefer
von Anton Bettelheim

*Schriefer, Heinrich, niedersächsischer Schriftsteller * 22. Januar 1847, † nach langem Leiden 22. Dezember 1912 zu Cassebruch bei Hagen (Bezirk Bremen). – Bis zu seinem 14. Lebensjahre besuchte Sch. die Schule des Heimatdorfes und war dann in der väterlichen Landwirtschaft und im Torfstich tätig, kam auch als Torfschiffer über die engeren Grenzen seiner Heimat hinaus. Nebenher verdiente er sich ein bescheidenes Taschengeld als Musikant bei Dorffestlichkeiten und Tänzen; doch er strebte höher hinaus, besuchte seit 1865 die Präparandenanstalt in Dörverden bei Verden und das Lehrerseminar in Stade. Im Regierungsbezirk Stade wirkte er nun bis zur Pensionierung als Lehrer in Sottrum, in Otterstein (Teufelsmoor), in Hagen bei Geestemünde (seit 1874) und schließlich in Cassebruch bei Hagen (seit 1877). 1900 zwang ihn ein hartnäckiges Gicht- und Nervenleiden, in den Ruhestand zu treten. Schon seit 1868 mit kleineren Skizzen literarisch tätig, trat Sch. 1878 mit der Sammlung »Aus dem Düwelsmoor« zum ersten Mal an die größere Öffentlichkeit. Hier bietet er neben humoristischen Schnurren und stimmungsvollen lyrischen Ergüssen fein beobachtete, hübsche Schilderungen. Der engeren Heimat entnahm er auch weiterhin die Stoffe zu seinen Schriften, lange, bevor man von »Heimatkunst« redete. Erst 1892 erschien ein neues selbständiges Buch »Aus dem Moor. I. Der rote Geerd und andere Geschichten«, ein Vorläufer der bald im Überfluß auftauchenden Heide- und Moorromane, ein prächtiger Volksroman, in welchem die harten, schweigsamen Menschen jener Gegend scharf erfaßt, innerlich erlebt und anschaulich wiedergegeben sind. Als, mit unter dem Einfluß der Worpsweder Malerschule, das Moor »modern« zu werden begann, großstädtische Literaten die »einfachen« Menschen dort »entdeckten« und mehr oder weniger verfälschte Bilder davon in Zeitschriften und Büchern entwarfen, fühlte sich Sch. gedrängt, sein geliebtes Teufelsmoor dagegen in Schutz zu nehmen: 1907 gab er die »Worpsweder Bilder aus dem alten und neuen Teufelsmoor« heraus, eine auch naturhistorisch treffliche Schilderung, die jedem Forscher dieser Gegenden bekannt sein muß. Auf lokalgeschichtlichem Gebiet war Sch. ebenfalls eifrig tätig; neben seiner »Geschichte des Fleckens Scharmbeck und der Güter Sandbeck und Bilofe« ist vor allem seine Geschichte des alten Amtes Hagen und der ehemaligen Grafschaft Stotel verdienstlich, um welche er sich zwei Jahrzehnte lang liebevoll bemühte, und welche er 1901 unter dem Titel »Hagen und Stotel« der Öffentlichkeit übergab. Eine Reihe von Romanen und Dichtungen (zum Teil in niederdeutscher Mundart), die er unter der Feder hatte, sind durch seinen Tod unvollendet geblieben. Der Heimatpflege und dem Heimatschutz war er warm zugetan und suchte in seinem Kreise ihre Bestrebungen eifrig zu fördern.*

De trorige Brut
von Heinrich Schriefer

*Mien Vader sprök sien leste Woort.
Nu mut ik von mien Moder foort;
Man wenig Dage sünd dat mehr,
Denn 's mien Vergnögen all' darher!*

*Se seggt, denn is mien Ehrendag –
Wat dat för mi wol wesen mag!
Se nömt mi Brut, staht un vertellt
Un ahnt nich, wat dat Hart mi kellt!*

*Ade, mien Kamer un mien Bett!
Ade, mien Fürheerd un mien Flett!
Ade, mien Veeh, wat ik blot fo'r!
Noch wenig Dag, den hebbt ji Tro'r!*

*Ade, mien Jung, mien beste Jan!
Nu kiek mi nich to trorig an!
'T is eenmal nu jo doch vörbi,
Makt Hart mi nich mehr swar um Di!*

*Kumm, drög Dien Og un giff di to.
Nemm bald Di nu man ok en Fro. –
Geew' Gott, dat Ji denn glücklich weert,
Wenn ik ok ween an'n frömmen Herd!*

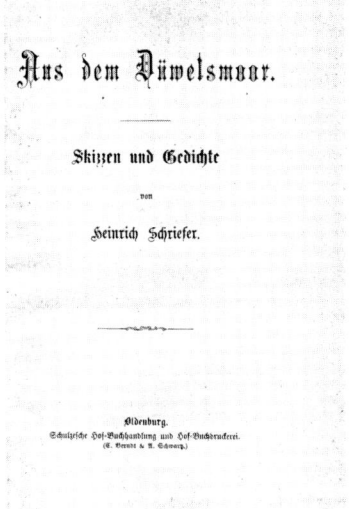

Alte Ansichtskarte: Gastwirtschaft »Neu Helgoland« an der Hamme bei Worpswede.

Jan von Moor als Schmuggler
von Heinrich Schriefer

Vor dem Zollanschlusse Bremens war das große Wasser häufig der Tummelplatz kühner Schmuggler. Die Schmuggelei hing jahrzehntelang so traut mit der Torfschiffahrt zusammen, fast wie der Torf mit dem Moorboden. Es war kein echter Torfschiffer, der nicht schmuggelte, wenn auch nicht im großen, so doch im kleinen. Obgleich die Grenze gegen Bremen durch einen wahren Cordon von Grenzaufsehern abgesperrt war, konnten diese dem Unwesen doch nicht ganz Einhalt gebieten. Jan von Moor sah die Schmuggelei, wenigstens die kleine, durchgängig nicht für Unrecht an, sondern betrachtete den

Eingangszoll und die Grenzaufseher als eine große Last, ihm unrechtmäßig aufgebürdet. Bewundernswert war bisweilen die Schlauheit oder auch die mehr als naive Dreistigkeit, mit welcher der Torfschiffer die »Conterlörs« zu täuschen wußte. Hing da z. B. einem Schiffer ein kleines Bändchen über Bord, als ob dasselbe nur so ganz zufällig im Wasser nachschleife. Wer konnte denn auch ahnen, daß dieses Bändchen quer unter dem Schiffsboden durch bis auf die gegenüberliegende Seite ging und daß daran ein wohlverkorkter Krug mit 5-6 Pfund geschmuggelten Kaffees befestigt war! – Ein andrer hatte dagegen an hervorragender Stelle das kleine Schöpfgefäß, mit welchem das eingedrungene Wasser ausgeschöpft wird, an die Schiffswand gestellt; welcher revidierende Grenzaufseher wäre wohl auf den Gedanken gekommen, gerade hinter demselben

ne hatte, zum Schlittschuhläufer und ein reger Verkehr entstand nicht allein zwischen den beiden Ufern, sondern sogar bis nach Bremen hin. – Das war früher die schönste Gelegenheit für die Schmuggler. Ganze Scharen zogen auf Schlittschuhen aus mit Schlitten und Säcken, und wer das nicht wagen mochte, benutzte seine Taschen. Gewöhnlich hatte die Schar einige sehr gewiegte Schlittschuhläufer bei sich, die durch verstelltes schlechtes Laufen die Grenzaufseher täuschen, deren Aufmerksamkeit auf sich zu ziehen wußten, um den andern Zeit zum Entkommen zu verschaffen. Die Gefahr der Schmuggler begann natürlich erst, wenn sie sich mit ihren Waren auf dem Rückwege der Grenze nahten, dem Wümmedeiche. Die Schlittschuhläufer hatten den Schiffern gegenüber insofern mehr Aussicht auf Erfolg, als nur wenige Grenzaufseher die Kunst des Laufens verstanden; sie waren hinwieder aber auch im Nachteil, da sie nur an wenigen Stellen über den selten ganz zufrierenden Wümmefluß setzen konnten. Da lauerten sie denn im Schutze des Deiches und spähten, ob auch drüben der Mützenschirm eines Grenzaufsehers sichtbar werde. Blieb alles ruhig, so schickten sie zuerst einen tüchtigen Läufer hinüber, der mit allerlei wertlosen Sachen schwer bepackt schien. Ließ sich auch jetzt noch nichts sehen, so folgten ihm vorsichtig die schlechteren Läufer. Hatte der erste Läufer die Grenzaufseher endlich flügge gemacht, so suchte noch ein zweiter und dritter guter Läufer dieselben immer weiter von der Fährte zu bringen und zu zerstreuen. Gewöhnlich gelang ihnen das auch so gut, daß die nachfolgenden Schmuggler mit den schönen Waren entkamen, während die guten Läufer zuletzt ihren wertlosen großen Packen den Grenzaufsehern hinwarfen und mit Windeseile davonjagten. Wurden die schlechten Läufer aber auch von Grenzaufsehern noch überrascht, dann hieß es: Rette sich, wer kann! – Schlitten und Waren wurden im Stich gelassen, damit nur ja niemand erkannt werden und in die hohe Strafe verfallen möchte.

Mit dem Zollanschluß Bremens hat die ganze Romantik des Schmuggellebens den Todesstoß erhalten und ihr Ende genommen. Bald wird man davon nur noch sprechen, als ob's eine verklungene Sage wäre.

nach Schmuggelwaren zu suchen! – Alle diese kleinen Künste sind freilich – gewöhnlich durch Zufall – zuletzt ausgekommen; aber Jan von Moor war unerschöpflich im Erfinden neuer Bergungsörter. Sollen doch einmal doppelte Schiffsböden und ausgehöhlte Schiffsrippen nicht selten gewesen sein. – Auf diese Weise schmuggelte der Torfschiffer im kleinen sich ein, was er für den Winterbedarf nötig hatte, so lange die Torfschiffahrt dauerte. Vor dem Schmuggel im großen hütete man sich; er ward nur von einigen Wagehälsen bei großem Wasser betrieben.

Fast ebenso großartig gestaltete sich der Schmuggel im Winter auf dem Eise. Wenn nämlich während der Überschwemmung Frostwetter eintrat, so belegte sich der See mit einer gewaltigen, stundenbreiten Eisdecke. Dann ward alles, was Menschenbei-

Im Herbst strebten ganze Flotten von Torfschiffen den Absatzmärkten zu

Moorrauch
von Friedrich Plettke

Der Lenz ist da, der schöne Monat Mai!
Jauchz' auf, mein Herz, nun endlich bist du frei
Vom Bann des Winters, der uns lang' geplagt;
Hinaus in die Natur! Zum Mitgenuß
Lädt alles, was da kriecht und fliegt. Nun muß
Die Sorge weichen, die am Herzen nagt.
Ich will genießen, was der Frühling heut'
In reicher Fülle mir zur Wonne beut! –
Ist das der Mai, der Wonnemonat? – Grün
Ist freilich rings die Flur, und Blumen blühn;
Doch nirgend tönt ein jubelnder Gesang.
Welch' schwüle Stimmung lagert heute bang
Ob Flur und Wald! Der Himmel grau! Die Luft
So trüb' und atembannend. Scharfer Duft
Quillt mir entgegen. Weh! Der Moorrauch zieht!
Und rasch jedwede frohe Stimmung flieht,
Jedwede Hoffnung auf den Lenzgenuß,
Die wir so lang' und bang gehegt. Ach, muß
Denn immer sich auf uns're Maienflur
Der graue Schleier senken? Selten nur
Erblühn im Jahr uns schöne lichte Tage!
Ach, selbst im Mai! 's ist uns're alte Klage! –
Ja, dort im nahen Moor, das eng sich schmiegt
An uns're reiche, fette Marsch, dort liegt
Der Herd, dem dieser vielverfluchte Rauch
Entsteigt in jedem Lenz, mit gift'gem Hauch
Uns jede Freud' und Wonne zu verleiden! –
Ja, dort im Moor! Hast Du noch nie gesehn,
Wie wenig gleich es unsern fetten Weiden?
Nur dürre Heide rings! Die Armut haust
Alldort! Und sahst Du nie die Männer stehn
Im heißen Sonnenbrand, mit harter Faust
Den Torf zu graben? Sahst Du nie in Wind
Und Wetter sie die schweren Kähne ziehn?
Sahst nie mit kargem Lohn zu Weib und Kind
Heimkehren sie von unsrer Stadt? Laß fliehn
Die Klage ob dem Moorrauch! Laß sie brennen
Den Boden ihrer Scholle, Korn zu sä'n!
Es sind die Ärmsten, die wir weitum kennen. –
Wahr ist's, ein Moorrauch breitet seine Schleier
Oft hüllend um die schönste Freudenfeier!
Ist Dir's noch nie im Freudenrausch geschehn,
Daß Du der Armut denkst, die hungernd sich
Ersehnt die Krumen, die wir freventlich
Mit Füßen treten in den Staub? Nicht eher
Tritt uns die reine Daseinsfreude näher,
Bis nirgend mehr noch Not und Elend hausen! –
Wie schwül es wird! Wohl könnt's ein Wetter geben! –
Wer weiß, ob nicht einmal mit Sturmessausen
Ein Wetter auch durchtobt das Völkerleben,
Zu Boden stürzend das System der alten
Gesellschaft, um ein neues zu entfalten!
Längst weht ein schwüler Hauch, und Wetterleuchten

Zuckt auf bald hier und da am Firmament.
Begier und Haß, die einmal aufgescheuchten,
Sie stehn und schüren, wo es schwelend brennt.
Doch auch ein milder Engel zieht hinaus,
Das stille Mitleid, jede Not zu lindern,
Und wo der eintritt, löscht die Flamme aus,
Und die Gefahr, wir hoffen's, wird sich mindern.
Es darf im Lenz, wo alle Blüten offen,
Ein Menschenherz ja wohl auch dieses hoffen!

Interessant ist, daß der Dichter nicht bei der Erscheinung
stehen bleibt, sondern die Ursachen des Moorbrennens
aufzeigt und auch die Auseinandersetzungen
zwischen der alten Gesellschaft und der Arbeiterbewegung
mit einbezieht.

Dat Moor
von Klaus Groth

De Borrn[1] bewegt sik op un dal,
as gungst du langs en böken Bahl[2],
dat Water schülpert in'e Graff[3],
de Grasnarv beewert op un af;
dat geiht hendal, dat geit tohöch
so lisen as en Kinnerweeg.

Dat Moor is brun, de Heid is brun,
dat Wullgras schint so witt as Dun[4],
so week as Sid, so rein as Snee:
den Hadbar[5] reckt dat bet ant Knee.

Hier hüppt de Pock[6] int Reet hentlank
un singt uns abends sin Gesank;
de Voss, de bru't[7], de Wachtel röppt,
de ganze Welt is still un slöppt.

Du hörst din Schritt ni, wenn du geist,
du hörst de Rüschen[8], wenn du steist,
dat leevt un weevt int ganze Feld,
as weer't bi Nacht en anner Welt.

Denn ward dat Moor so wit un grot,
denn ward de Minsch so lütt to Mot:
wull[9] weet, wa lang he dör de Heid
noch frisch un kräfti geit!

[1] *Boden,* [2] *buchene Bohle,* [3] *Graben,*
[4] *Daunen,* [5] *Adebar = Storch,* [6] *Frosch,*
[7] *der Fuchs braut = Nebel steigt,*
[8] *Binsen,* [9] *wer.*

Bildnachweise

1. Fotografen und Zeichner
Dodenhoff, Rudolf: 51, 58, 64, 112/113, 121
Frank, Julius: 42, 43, 89 o., 71
Kaminski, Clemens: 17, 31, 44/45, 74/75, 84, 87
Lehmann, Bernhard: 39, 56 o., 69 o., 72, 76, 86, 91, 117
Oestmann, Helmut: 65
Rabenstein, Peter: 33, 34, 35, 36, 38 u., 68, 85 u.
Rohmeyer, Klaus: 46, 85 u.
Stock, Wolf-Dietmar; Zeichnungen: 11, 16, 17, 18, 20, 21, 22, 23, 24, 25, 32, 50

2. Archive und Institutionen
Bildarchiv des Landkreises Hannover, Stahl: 103
Heimatverein Dannenberg: 73
Heimatverein Neu Sankt Jürgen: 19
Heimatverein Schlußdorf: 19, 90, 91
Heimatverein Seebergen: 8/9
Heimatverband Oste-Mehe: 26, 72
Institut für Moorforschung, Hannover: 27, 47, 48/49, 59, 64, 66/67, 80, 88 o., 98, 108/109
Rabenstein, Peter: 5, 40/41, 53 o., 56 u., 61 u., 69 u., 82/83, 88 u., 89 u., 92, 93, 96, 97
Staatliches Museum für Naturkunde und Vorgeschichte, Oldenburg: 38
Staatsarchiv, Bremen: 60, 61, 119
Zeitungsarchiv Osterholzer Kreisblatt: 52

Wir danken dem Heimatmuseum Bremervörde für die Genehmigung zur Reproduktion des Bildes von Tetjus Tügel, Trauerzug im Moor, und für die Wiedergabe des Fotos »Geräte zum Torfstich und zur Backtorfbereitung« von Klaus Rohmeyer; der Hamburger Kunsthalle für die Reproduktionsgenehmigung des Bildes »Alte Moorbäuerin« von Paula Modersohn-Becker; den Heimatvereinen Neu Sankt Jürgen und Schlußdorf, sowie Familie Grotheer, Schlußdorf, für die Genehmigung zur Wiedergabe von drei Fotos zum Thema Moorkate und Torfschiffswerft und den Abdruck von Textstellen aus dem Heimatbuch von Neu Sankt Jürgen; dem Heimatverein Mevenstedt für die Reproduktionsgenehmigung eines Grundrisses des alten Schulhauses; dem Historischen Museum am Hohen Ufer, Hannover, für das Abdruckrecht des Bildes von Otto Modersohn, Frau beim Torfmachen, sowie dem Landkreis Hannover für das zur Verfügung gestellte Litho dieses Bildes; Herrn Prof. Dr. Fritz Th. Overbeck für die Reproduktionsgenehmigung aus seinem Buch »Botanisch-geologische Moorkunde« (Entwicklung eines Hochmoores) und Frau Susanne Böhme für die Wiedergabegenehmigung der Zeichnung ihrer Mutter Ottilie Reyländer (Hütejunge auf S. 94).

Inhalt

Der Autor

Peter Rabenstein, geb. 1948, ist aufgewachsen am Rande Worpswedes – wo der Weyerberg aufhört und das Moor anfängt. In den letzten Torfmieten spielte er als Kind Verstecken und lief im Winter auf den schon fast zugewachsenen Schiffgräben Schlittschuh.

Er studierte in Berlin und Kiel Nachrichtentechnik, in Hamburg Pädagogik und Geschichte und ist heute als Berufsschullehrer in Bremen tätig. Peter Rabenstein wohnt jetzt wieder in Worpswede. »Da meine Großeltern und Urgroßeltern als Moorbauern in Rautendorf, Überhamm und Ostersode lebten, begann es mich zu interessieren, wie ihre tägliche Arbeit war, worin die Freuden und Leiden meiner Vorfahren bestanden«, erzählt Peter Rabenstein.

Auf der Suche nach alten Bildern, Geschichten und Informationen von Jan von Moor, dem ehemaligen Torfbauern aus dem Teufelsmoor, befragte der Autor viele ältere Leute, besuchte Archive und Museen und legt hier das Ergebnis dieser jahrelangen Bemühungen vor.

Fritz Westphal

geb. 1921 in Sankt Magnus bei Bremen, studierte Zeitungswissenschaft und Literaturgeschichte, wechselte über zur Pädagogik. Er war Lehrer und Schulleiter und bis zu seiner Pensionierung in der hamburgischen Lehrerbildung tätig. Nebenbei schrieb er Literaturkritiken für die »Zeit«, veröffentlichte Erzählungen, Kinder- und Jugendbücher und erhielt den »Deutschen Kinderbuchpreis«.

Fritz Westphal lebt seit vier Jahren auf seiner Moorwiese im Teufelsmoor – zwei Grundstücke weiter stand vor fünfzig Jahren noch die letzte Moorkate von Peter und Trina Rathjens. Hier findet er jetzt Zeit und Muße, um sich als Schriftsteller und Lektor intensiv literarischen Arbeiten zu widmen.

Druckfehlerberichtigung

Seite 65 muß es in der Bildunterschrift zu dem Torfkahn auf der Weser heißen: aus Helmut Oestmanns Film »Bauern im Teufelsmoor«.

Seite 88 wurden die Bildunterschriften vertauscht.

In der Bildunterschrift Seite 106 wurden falsche Daten genannt: Findorff lebte von 1720 – 1792. Das Bild von Bornemann entstand erst nach Findorffs Tode, im Jahre 1797.

Auf der folgenden Seite (107) wurde durch einen Setzfehler ein falscher Todestag genannt. Findorff starb am 31. Juli 1792.

Bei der Danksagung auf Seite 123 ging unverdientes Lob nach Hannover. Zu danken ist dem Institut für Moorforschung, Bremen.

Vergessen haben wir den Dank an Dr. Ernst Busche, der Hinweise zu den Abschnitten ›Moorentstehung‹ und ›Pflanzen und Tiere im Moor‹ gab.

Wir bitten alle Leser um ihr Vertrauen, uns bei weiteren Auflagen dieses Buches zu unterstützen mit alten Fotos aus der Heimat. Bitte melden Sie sich bei uns:
Herrn Peter Rabenstein, 2862 Worpswede, oder beim
Verlag Atelier im Bauernhaus, 2802 Fischerhude, Tel. 04293 / 671